河出文庫

すいか 1

木皿泉

河出書房新社

suika

すいか 1

目次

contents

●「すいか2」目次

本文デザイン　坂野公一（welle design）
図案　藤井祐一

すいか 1

suika

suika
すいか 1

第1話

脚本＝木皿泉

Izumi Kizara

＃1

ハピネス三茶・外観
古い木造の集合住宅。
一九八三年、夏。
小さな庭には、伸び放題のヒマワリの花。
『ハルマゲドン』と落書きされた塀。
煮詰まった顔の中学生、早川基子《はやかわもとこ》（十四歳）が、テストの答案を燃やしている。
それをジッと見ている双子の小学生。
亀山結《かめやまゆい》（七歳）と絆《きずな》（七歳）である。

結　「何で、テスト、焼いてるの？」
基子「（あわてて、燃えかすを踏んで消す）いいから、あっち行けって」
絆　「（結に、何かささやく）」
結　「うそー二八点？（基子に）絆チャン、見たって。二八点だったって」
絆　「（結に、ささやく）」
結　「お母さんに、叱られるから焼いてんの？」
基子「（絆に）あんた、何で、直接しゃべらないのよ」
結　「絆チャンは、知らない人としゃべらないんだよ」
絆　「（結にささやく）」

結　子「テスト、焼かなくてもいいのにって。どうせハルマゲドンでメッボウするんだから」

基　子「はるまげどん？」

結　子「知らないの？　一九九九年に、地球は滅びるんだよ。ねっ」

基　子「（うなずく）」

絆　子「知らないよ、そんなもん」

基　子「ノストラダムスだよ、中学生なのに知らないんだ」

結　子「そんな話、ウソに決まってるでしょ」

基　子「ウソじゃないよ。大人も言ってるもん。（なぜか勝ちほこったように）みーんな、なくなっちゃうんだって」

結　子「みんなって、これも（ハピネス三茶を指す）これも（道を指す）あれも（空を指す）みんな？」

基　子「（雑草を指す）これも（塀を指す）これも——（際限なくつづく、「これも」）ぜーんぶだよッ！」

生い茂る雑草。
捨てられたアイスのカップ。
それにたかる蟻。
ハピネス三茶の屋根。その向こうにある青い空。

結子「あ、カレー」
基子「ん？　ほんとだ。カレーの匂いがする」
結「今日、ここんち、カレーなんだ」
絆「（はじめて口を開く）――この匂いも、なくなっちゃうのかな」
三人「（顔を見合わせる。ちょっとせつなくなる）」
道端に座り込んでいる三人。
強い陽射しにその影が、一つの塊となって、くっきりと落ちている。
どこまでも青い空。
時が止まったかのような、夏の昼下がり。

＃　タイトル

＃2　美しい朝焼け
クレジット。
『それから二〇年後の二〇〇三年、夏。地球は、まだあった』

＃3　ベッドの中の早川基子
枕元に、基子とその家族の写真。

十四歳の基子もいる。何かに怯えたような、その顔。
目を覚ます基子（三四歳）。

＃4　早川家・ダイニング
憮然《ぶぜん》と一人で朝飯を食べている基子。
食べたはしから、どんどん食器を片づける、母の梅子《うめこ》（六〇歳）。

梅子「（ほうれん草のおひたしの皿をトントントンと叩く。野菜をもっと、食べろと言っているらしい）」
基子「（食べる）」
梅子、まだ、ひとつ残っている玉子焼きの皿を、基子の顔に近づける。
梅子「フン（早く玉子焼きも食べてしまえ）」
基子「ん（食べる）」
梅子「（空いた皿を流しに持って行く。基子がまだ食べているのに、食卓をせわしなく拭く。早く片付けてしまいたいらしい。急いでいるのではない。そういう性格なのだ）」
基子「（慣れた仕種で、梅子が拭きやすいように醤油を持ち上げたりしながら食べる。やがて、基子の領域は梅子の布巾に侵攻され、追い詰められ、ついに、持っているご飯茶碗一つと湯飲みだけになってしまう）」

梅　子「（湯飲みを持ってゆこうとする）」
基　子「（ご飯を口に入れたまま、抵抗の声）」
梅　子「何？　まだ飲むの？（湯飲みを戻す）」
基　子「（お茶を飲む）」
　これが、いつもの朝食風景。

＃5　同・玄関
　通勤の支度をすませた基子が靴を履いている。
　後ろに立って、ハンカチやら定期やらを差し出す梅子。
基　子「（ハッとして）今、何年だっけ？」
梅　子「えーっ（面倒くさそうに）二〇〇三年」
基　子「え？　じゃあ、一九九九年、過ぎちゃったの？」
梅　子「何言ってんの、今頃」
基　子「（呟く）そっか。地球は滅亡しなかったんだ」
梅　子「（基子の髪を直してやる）アンタとも、長い付き合いよねぇ」
基　子「（煮詰まる）」

＃6　ハピネス三茶・絆の部屋

結と絆の写真。様々な時代のもの。いつも二人で写っている。

漫画のネーム、〈嫁姑モノ〉の資料の類が一面に散乱している。机にも、描きかけの原稿。

猫の綱吉《つなよし》が、押入れをカリカリかいている。

押入れが開いて、寝起きの亀山絆（二七歳）が、出て来る。

絆「（綱吉に）うん？　世界は滅亡したか？」

綱吉「（メシだ！　メシを食わせろ！）」

絆「はいはい。終わってないのね」

猫のエサをクンクン匂って、綱吉にやる。

匂うのは絆の癖であるらしい。

目覚めたばかりの絆、散乱した部屋を呆然と見ている。

絆「そっか。今日も、また、猫とケータイ、生かす為に頑張るのかワタシ」

＃７　信用金庫・フロア
奥で仕事をしている制服姿の基子。
後輩が何やらミスをしたらしい。伝票を前に、ものすごく険悪な顔で煮詰まっている基子。
ミスしても、ヘラヘラしている後輩。

＃8　同・会議室

『節電』の貼り紙。

薄暗い中、弁当を食べている基子と同僚の馬場万里子《ばばまりこ》（三四歳）。

クーラーも止まっていて暑い。

馬場チャン（声）「今日が地球最後の日だったら？」

馬場チャン「私、ちょっと嬉しいかも。ハヤカワは？」

基　子「飛行機、乗るかな――乗った事ないし」

馬場チャン「ないんだ。実は、私も――大トロは？」

基　子「ああ、お寿司の？」

馬場チャン「（ギョッとし）食べたこと」

基　子「――ない」

馬場チャン「だよねぇ（コンビニの弁当から何やらつまみ出して）これ何だろう？（暗くて見えない。窓の方にかざす）」

基　子「（凝視）カニカマじゃない？」

馬場チャン「（口にほうり込む）うん、カニカマ。――ハヤカワ、有名人に会ったコトある？」

基　子「（考える）将棋の谷川さん」

馬場チャン「渋いトコに会ってるじゃん」
基　子「アト、『お邪魔します』※っていう人。すごく真剣な顔してた」
馬場チャン「もっと華やかな、いかにもギョーカイって人はぁ？　マツシマナナコとか」
基　子「ああ、ナナコねー――」
馬場チャン「別に会いたくないけどさ」
基　子「っていうか、今日のご飯――固ッ」

♯９　同・フロア
慣れた手つきでＤＭを折っている基子。
女性行員がニッコリ笑うチラシの束。
ゆか（声）「楽しい事なんかないッすよ。毎日、同じ事の繰り返しで」

♯10　街中
芝本《しばもと》ゆか、ケータイでしゃべりながら、チラシを電信柱に貼っている。
ゆ　か「大家なんて名前だけ、ただの雑用。うちの親？　うん、スリランカ行ったまま。そう私にボロアパート押しつけて。誰か知らない？　入ってくれそうな

※コメディアン南州太郎《なんしゅうたろう》の有名なギャグ

人。今のままじゃ、もろ危ないんだよね。経営危機っつーの？」

ホウキを持ったオバサンが近づく。

ゆ　か「あ、じゃ、また連絡するね。（ケータイを切る。オバサンに愛想笑いしつつ）すみませ〜ん（逃げようとする）」

オバサン「（チラシを見て）何？　経営危機なの？」

ゆ　か「（逃げられない）ええ、まぁ」

オバサン「場所、いいじゃない。へぇ、食事もついてるの？」

ゆ　か「けっこう、嫌がる人、多いんですよね」

オバサン「何で？」

ゆ　か「だって、かったるくないですか？　朝晩、一緒にご飯食べるのって。もう、やめた方がいいのかなって――」

オバサン「えー、もったいない。続けなさいよ」

ゆ　か「父もそう言うんですけど――」

オバサン「そうよ。続けなさいよ。羨ましいわよ、食事までつけてくれるなんて。私だったら絶対入るわよ」

ゆ　か「あ、入ってくれますか？」

オバサン「今は無理よ。主婦だもん。でも、ほんと、場所いいわここ」

オバサン、チラシを見る。
『やっと空室でました。人気のレトロ賃貸物件。ハピネス三茶（朝夕食事付き）』

♯11　ハピネス三茶・外見
たしかに古い佇まい。
小さな庭には、二〇年後の今も、やっぱり伸び放題のヒマワリ。

♯12　同・内部
玄関で、靴を脱いで上がるようになっている。
パンプス一足が出しっぱなし。
階段を上ると部屋が並んでいる。
その一番端の部屋から、妖しい息づかいが聞こえる。

♯13　同・絆の部屋
絆が真剣な顔でリモコンを構えながらアダルトビデオを見ている。
小学生の写生のように画板を首からかけている。

絆「ッと！（一時停止させる。自分の原稿と比べながら）あー首か。首ンとこが

絆　マズイんだ（描き直す）」

　ケータイの着メロが鳴る。

絆　「（出る）はい。あ、はい。え？　本当ですか？（思わず正座する）はい。ありがとうございます（ペコペコ）どーも、はい（切る）おーしッ」

　絆、嬉しくて、さぁ何からしようかと部屋を見回す。

絆　「綱吉！　ギャラ、入ったぞぉ！（メモを出してきて、机にバシッと置く）おーしッ！　買うぞぉ！　コレ、全部買ってきてやっから待ってんだぞ！（猫に）いいか綱吉、人が食ってるのを、うらやましげに見る猫にだけは、成り下がるんじゃないぞッ！（帽子とバッグをひっつかんで飛び出す）」

　メモとケータイを忘れている。

　『お金が出来たら買うもの。かゆみどめ。エアコン（ものすごく、デッカく書いてる）。マニキュア。プリン食べたい。J・ディプトリー・ジュニア。足の指が開く健康サンダル。ロットリング』

　等々、漫画と汚い字で書かれた欲しいモノの羅列。

#14　同・玄関
　靴を履くのももどかしい絆。

　ゆかが帰ってくる。

ゆ　か「絆さん、おでかけですか?」
絆「うん、お買い物（出てゆく）」
ゆ　か「(ハッとなる。叫ぶ) 絆さんッ!　お金入ったんなら、家賃払って下さい!」
ゆかが振り返ると、絆、つんのめるように一直線に走って消えていく。
ゆか、パンプスが行儀よく置いてあるのに気づく。
ゆ　か「ん?　教授のじゃん。何で?」

＃15　大学・外観

＃16　同・構内
ゼミ。殺気立った雰囲気。
教授の崎谷《さきや》夏子《なつこ》が不動明王のように立っている。
女子学生、泣きそうに立っている。
夏　子「アナタに、泣いてる時間があるのですか?」
女子学生「(ウッと耐える)」
夏　子「アナタが、十分に準備をしてこなかった為に、今、まさに皆の時間を無駄にしているのですよ。この上、アナタが泣き終わるまで、待てと言うつもりですか?」

おずおずと手を上げる男子学生。

夏　子「はい（男子学生を指す）」

男子学生「（立ち上がるが、おずおずと）まぁ、先生の言うことは、正論やし、判るんやけどぉ、女子やし、しゃーないんちゃうんかな、と」

夏　子「なぜ、女子だとしかたないんですか？　その根拠を説明して下さい」

男子学生「だから一般論として――」

夏　子「どこをもって一般論と主張しているのですか？　アナタの言葉に客観性がありますか？　ここは、議論の場です。どこからか引っぱってきた、アナタの愚かな偏見を開陳《かいちん》する場所ではありません！」

男子学生「（座りながら、小さく）怖ぁ～」

夏　子「怖い？（皆を見回す）」

学生達、緊張で身をすくませる。

夏　子「自分の頭で、考えようとしない。自らの手で学問を捨て去ろうとする、その事の方が、はるかに、私を恐怖させますッ！」

＃17　同・研究室

教授の部屋とは言うものの、本やら資料やらが散乱した小さな部屋。

夏子、ちっちゃくて可愛い弁当を食べつつ、『スピリッツ』（週刊の漫画雑誌）を真剣に読んでいる。
手伝いをしている院生のスミちゃんが、夏子の足元をジッと見ている。
スミちゃん「（足元を見たまま）崎谷先生」
夏　子「なーに？（漫画に没頭のまま）スミちゃん。知ってた？　コレ（漫画）ものすごいことになってるよ」
スミちゃん「先生、『ハピネス三茶』って何ですか？」
夏　子「（顔を上げて）私の住んでる所だけど？」
スミちゃん「それ（足元を指さす）」
夏　子「（足元を見ると、『ハピネス三茶』と書かれたスリッパ）あ～ッ！　私の靴は？（探す）」
スミちゃん「朝から、それでした」
夏　子「あッ！　玄関！　履き替えるの忘れた！（立ち上がるが、もうどうする事も出来ない）ん～ッ（いかにも情けないスリッパに向かって）バカッ！」

＃18　ハピネス三茶・外
入居者募集の貼り紙を貼っているゆか。
馬場万里子が、転がるように走って来る。
さすがに息が切れたのか、立ち止まってハァハァしている。

ゆかが、貼りつつ、馬場チャンの様子をうかがっている。
馬場チャン、手に持っている、スーパーのビニール袋が邪魔になるらしい。
ゴミ箱に、バッサリ捨てる。

ゆ　か「ちょっ、ちょっと、うちのゴミ箱に、何、捨てたんですか！（ゴミ箱から馬場チャンが捨てた袋を出す）」
馬場チャン「！（逃げる）」
ゆ　か「（ビニール袋から刺し身のパックが出て来る）ちょっ、ちょっと、待って下さいッ！（刺し身を持ったまま追いかける）」

♯19　住宅地

馬場チャンを追う、ゆか。

馬場チャン「（必死に逃げる）」
ゆ　か「（息切れ切れ）何で――捨てるんですか――サシミを――」
馬場チャン「いらなく――なった――から」
ゆ　か「だからって――もったいない――じゃないッスかぁ」
馬場チャン「――あげる」
ゆ　か「はぁ？」
馬場チャン「それ――全然――大丈夫だから。あなたに――あげる」

ゆ　か「くれるって——言われても」
馬場チャン「トロも——入ってるから」
ゆ　か「トロも入ってるんスか？（スピードを落として、思わず確認する）トロだぁ」
馬場チャン「（どんどん逃げてゆく）」
ゆ　か「（叫ぶ）大トロじゃないですか！　いいんですか？」
馬場チャン「（手を振りつつ逃げてゆく）」

＃20　信用金庫・フロア
閉店後。パソコンに入力している基子。
女子行員が声をかける。
女子行員「聞きました？　馬場さんのこと」
基　子「聞きましたよ。早引きしたんでしょう？」
女子行員「じゃなくて（辺りを見回す）」
基　子「（も、つられて見回す）」
何事かあったらしく、管理職達が慌ただしく動いている。
女子行員「使い込み」
基　子「——誰が？」

女子行員「だから、馬場さんですよ。使い込んだらしいですよ。三億円」
基　子「(半笑いのままカチンコチンに固まっている)」
女子行員「先輩、いつもお弁当一緒だったじゃないですか。だから、色々、聞かれますよきっと——先輩？　大丈夫ですか？　先輩？」
基　子「(完全にフリーズ状態)」

#21　ATM
絆、お金が出てくるのを待っている。

残金不足のメッセージ。

絆「うそッ！　何でぇ？　何でなのよぉ」

ガックリと外に出る。諦めきれず、恨めしそうに中を見ている。

ATMのガラスの中では、横領犯の馬場チャンが手品師のように、次から次へとお金を引き出している。

絆「すげぇ、マジシャンみたい（思わず口ずさむマジック・ショーのメロディ）」

馬場チャン、メロディに合わせてお札を見事にトランプのように開き、要領よく数えて次々と袋に入れてゆく。

馬場チャン、ぱっと絆の方を振り返る。

絆「(うわっ！　と逃げる)」

#22　電話ボックス
日は落ちつつあるが、まだ暑い。

電話をかけている絆。

絆「(十円玉を入れつつ、明るく)なーんだ、そうですか？　入金、来週になっちゃったんですか。(小銭を数えている)いえいえ、全然。はぁい。すみませ〜ん(切る)チッ、何だよ。今日入れるって言ったくせにさぁ——残金、五〇三円って、——帰れってかい」

ボックスに貼られているピンクチラシを見つけて。

絆「お、これ、使えそうだな。とりあえず貰っておこうっと」

チラシを剝がそうとするが、ふと通行人の視線が気になる。

絆「仕事なの。見るなっつーの(とうそぶきつつ、チラシを物色する)」

#23　信用金庫・応接室
部長と課長に呼ばれて、煮詰まっている基子。
部長「(資料を見つつ)君は、まだ親元から通勤してるんだったたね」
基子「はぁ(それが何の関係があるんだ)」
部長「その点、馬場君は一人暮らしだったから、よく彼女の家に遊びに行ったりしたんじゃないの？」

基子「いえ、仕事以外の付き合いは、してませんでしたから」

課長「仲良かったんでしょう？　三〇越えた独身同士で」

基子「（むぅとなる）」

課長「どんな話してたの？　お弁当食べてる時とか――」

基子「どうでもいいような話です」

部長「どんな事でも、いいからさ。思い出してくれないかなぁ」

基子「――うちの会社の制服は、女子高生みたいで、嫌いだって――言ってました」

課長「（部長の顔を窺って、鼻で笑う）」

部長「他には？」

基子「最近、入社する社員の質が悪すぎるんじゃないか。融資にケバい女が集まるのは、小川部長のモロ趣味じゃないか」

課長「（呟く）言いたい放題だな」

基子「仕事出来ない課長に、女の子って呼ばれる度にムカつく。私ら三四だっちゅーの。何が悲しくて、お昼のお弁当を電気もつけられない部屋で食べなきゃなんないのか？　節電って言うけど、支店長室は電気ついてるじゃないか。会社は、私達の事を粗末に扱ってないか？　その事が、とても悔しい。十四年間、粗末に扱われる事に慣れようと努力してきたけど、それでも慣れなかった私が悪いのか」

基　子「ただ、まっとうに、ヒトとして扱って欲しい、と思うのはそんなに悪いことなのか——今、思い出すのは、こんなところです」

呆然としている部長と課長。

部　長「（のまれて）な、なるほどねぇ」

＃24　信用金庫・フロア

書類に眼を通しては、何箇所かバンバンバンッとハンコを押してゆく基子。人を寄せつけない仕事ぶり。

女子行員（声）「早川先輩、明日から誰とお弁当食べるんだろ」

女子行員（声）「どーする？　うちのグループに入れてくれって言われたら」

女子行員（声）「え〜ッ、あり得ない。絶対あり得ないって」

女子行員（声）「だよねぇ」

＃25　ファーストフード店

絆、カウンターになけなしの小銭（四二〇円）を置く。

店　員「（笑顔）ご注文の商品は、爽やかセットとご機嫌セットの二種類からお選び

絆　　　頂けますが、本日は、どちらにいたしますか?」
店　員「楽しい方を」
絆　　「は?」
絆　　「心の底から楽しくなる方をお願いします」

#26　街中

帰宅途中の基子。
うつむいて歩いている。
ふと足が止まる。
『ハピネス三茶』のチラシが落ちている。
何気なく拾い上げる基子。
ケータイが鳴る。

基　子「(出る)はい」
電　話「もしもし、ハヤカワ?」
基　子「バ、馬場チャン?(辺りをキョロキョロ見回して)でッ電話なんかしたら捕
まるじゃないのッ!」
馬場チャン「(電話)どーしても、ハヤカワに言いたい事があってさ」
基　子「な、何?」

馬場チャン「（電話）今日ね、生まれて初めて飛行機に乗ったよ」
基　子「何、のんきな事を――」

＃27
山深い里
店先の公衆電話から電話をかけている、ヨレヨレの服でサングラスの馬場。
馬場チャン「ビジネスクラス。思ったよりさ、フツーだった。そんなもんだよね。ブランド品も山ほど買ったけど、思ったより楽しくもなかったし」

＃28
街中
ケータイをかけている基子。
基　子「今、どこ？」

＃29
山深い里
電話する馬場チャン。
馬場チャン「どこだろう、ここ。（サングラスを外して周りを見る）私、道、間違えちゃったみたい。ハヤカワ、緑が目に染みるって本当だぞ。お金なんかなくても、人生は楽しめるのかもな。三億使った私が言うのもヘンだけど」

＃30　街中

ケータイを強く耳に当てる基子。

馬場チャン「（電話）間違えさえしなけりゃ、人生って楽しかったのかも――」

基　子「馬場チャン？」

馬場チャン「（電話）ハヤカワ、いい人生送れよ」

基　子「馬場チャンッ！」

ツーツーという電話が切れた音。

基　子「バカッタレがぁ！」

ヘタヘタと座り込む基子。

思いもかけず、つーと一筋、涙が流れる。

手の甲で涙を拭う。

ふと、差し出されるハンカチ。

基　子「（見上げる）」

夏子がドーンと立っている。

夏　子「大丈夫？」

基　子「（びびりながらコックリ。思わずハンカチを受け取る）」

足元を見ると、『ハピネス三茶』のスリッパ。

基　子「（スリッパを凝視している）」

夏子「じゃあ（堂々とスリッパで去ってゆく）」
基子「（先程のチラシを広げる。あ、やっぱりスリッパと同じ名前だとわかる）」
　夏子の堂々とした後ろ姿。

#31　ハピネス三茶・玄関
　帰って来る夏子。
　揃えて置いてあるパンプス。
夏子「ちゃんと出してあるじゃないの、もうッ！」
　ゆかが顔を覗かせる。
ゆか「やっぱり教授の靴だったんだ」
夏子「ごめんなさい。一日コレ借りました。洗って返します」
ゆか「いいッスよぉ。それより、今日の夕食、大トロですから」
夏子「大トロ！」
ゆか「絆さん帰り次第、夕食にしますから、そのつもりで（引っ込む）」
　自分の部屋へ行く夏子。
夏子「大トロとは？（階段をのぼりつつ、思案）なぜ？　ワカラナイ」

#32　駅前

しょぼしょぼ歩いている基子。
ケータイが鳴る。

基　子「（ケータイを見る。母親からの電話。ゲッとなるが出る）もしもし？」

梅子（声）「（大声）アンタの会社、大変じゃないッ！」

基　子「（思わずケータイを遠ざける）」

#33　早川家・リビング

梅子、左手に受話器、右手にテレビのリモコンを握りしめて、テレビに見入っている。
早くも横領のニュースが流れている。

梅　子「（興奮）馬場さんって、アンタ、電話してきた事ある子でしょ？　テレビ、出てるわよ。三億だって。三億。すごいじゃない。アンタね、明日、ちゃんとした恰好して会社行かなきゃダメよ。テレビ、来てるかもしンないからね」

#34　駅前

電話を聞いている基子。

梅子（声）「（ウキウキとした声）そうだ。新しい服、買って帰りなさいよ。後でお金あげるからさ。若く見えそうなの」
基　子「（不機嫌）何、はしゃいでるのよ。やめなさいよ。みっともないッ！」
＃35　早川家・リビング
電話をしつつ、続報を探すべく、チャンネルを目まぐるしく変えている梅子。
梅　子「（憮然）何言ってるのよ。はしゃいでなんか、ないわよ」
＃36　駅前
怒りをおさえつつケータイを握りしめる基子。
梅子（声）「あッ！　まさか、アンタまで、やってんじゃないでしょうね」
基　子「何を？」
梅子（声）「使い込みよぉ」
基　子「（カッとなる）やるわけないでしょッ！（切る）」
＃37　早川家・リビング
娘に電話を切られて、煮詰まる梅子。
気を取り直して、再び電話をかけようとする。
リモコンと電話と、どっちがどっちだったか、一瞬わからなくて迷う。

#38
駅前
怒りを抱いたまま立ち尽くす基子。
サマージャンボ三億円のノボリ。
三億、三億、三億、とはためいている。
ケータイが鳴る。母親からだ。出ない。
鳴り続けるケータイ。

基子「(ひとり言) あー、ヤダヤダ、みんな、ヤダ」
ふと手の中を見ると、『ハピネス三茶』のチラシ。

#39
ハピネス三茶・外
キッチンの窓から、湯気が立ちのぼる。

#40
同・キッチン
夕食を作っているゆか。
カレーらしい。

ゆか「(味見をしてみる) うまいッ! 完璧! 冷蔵庫には大トロがあるし――(ハッとして) カレーと大トロ?――あわないじゃん」

#41　同・外
チラシを片手に基子が、建物を見上げている。
何やら、懐かしい気がする基子。
ゴミを出しに出たゆか、基子を見つける。
基子「(匂う)あ、カレーだ(匂う)」
ゆか「(不審そうに見る)」
基子「(気まずい)」
基子の手にチラシ。
ゆか「あッ！　もしかして」
基子「？」
ゆか「部屋、見に来られたんですね。どうぞ、どうぞ」
基子「あ、そういうつもりじゃ——」
基子を、中へ引っ張ってゆく。
ゆか「古そうに見えますけど、案外、これが住みやすくて」

#42　同・玄関
ゆか、基子を引っ張り込む。

ゆか「アンティーク好きのお客さんには、たまらない物件ですよぉ。ここで、靴履き替えて下さい」
スリッパを出す。
基子「(スリッパを見て) あ、このスリッパ!」
ゆか「お客さん、マニアックなとこで感激しますねぇ。渋いッすねぇ」

#43
同・夏子の部屋
ほとんどが本。
夏子、着替えつつ、文献に目を通している。
「え?」となって、座り込んで真剣に読み出す。
別の本を引っぱり出して確認する。

#44
同・食堂
観念した基子を引っ張って来るゆか。
ゆか「ここが食堂でして。一応、朝食と夕食は、ここで」
基子「え? 食事ついてるんですか、ここ」
ゆか「あ、やっぱ、イヤですよね? 食事つきは」
基子「え、いや、便利なんじゃないですか」

ゆ　か「マジっすか？」

＃45　同・夏子の部屋
夏子、読みつつ「あ、そーゆー事」と納得。
閉じた本をぽんと本の山に投げる。
その瞬間、本の重みで床が抜けてしまう。

＃46　同・食堂
天井がゴボッと抜けて、本がバサバサッと落ちてくる。
飛びのく、基子とゆか。
ゆ　か「（上を見て、下を見て、口をパクパクさせているが、何の声も出てこない）」
基　子「（驚愕）」
ゆか、脱兎《だつと》のごとく飛び出してゆく。

＃47　同・夏子の部屋
穴の横で文献に熱中している夏子。
飛び込んでくる、ゆか。
ゆ　か「き、教授ッ！（穴を指さして、口をパクパクさせる。言葉が出てこない。穴を見て、情けない顔になる。再び、飛び出してゆく)」

#48

同・食堂

こわごわ天井を見上げている基子。

穴から顔を覗かせる夏子。

基子「ああッ！（指さす)」

夏子「あら、さっきの」

基子「ハンカチ、お返しします」

夏子「いいのよ。それより、そこに『花伝書』って本落ちてない？」

基子「(探す) カデンショ――これですか？（拾う)」

夏子「こっち、投げて」

基子「(投げてやる)」

夏子「グラッチェッ（顔を引っこめる)」

基子「！（何なんだ、この家は)」

#49

同・玄関

落胆の絆が帰って来る。

バタバタと階段を下りてくる、ゆか。

ゆか「（絆を見つけて、天井を指さして、パクパク口を動かすが言葉にならない。地面を指して、爆発の仕種。必死に拝んでみせる）」
絆「（ジェスチャーを読解しようとして）天上天下唯我独尊《てんじょうてんがゆいがどくそん》、と言って、もがき苦しんでる人？　ちがう？」
ゆか「（あ〜判ってもらえないッ！　ううウッと嘆いて自分の部屋へ走ってゆく）」

＃50　同・食堂

入ってくる絆。
天井が抜けて、本が散乱している。
絆「うわっ、何？　ハルマゲドン？」
基子「（絆のハルマゲドンの言葉に振り返る）」
入って来た絆を窺うように見ている基子。
絆「（も記憶をたどるように基子を見つめる）」
基子「ハルマゲドンって——」
絆「最終戦争。地球滅亡。ノストラダムス——（突然、匂いに気付いて）あ、何？　カレーの匂い？」
基子「今日、ここんち、カレーみたいですよ」
絆「地球が滅亡したら、この匂いも、なくなっちゃうんだよねぇ」

基子「（あーッと絆を指さす）」

#51

フラッシュ
ハピネス三茶の門の前。
真夏の昼下がり。
小学生の結と絆、そして中学生の基子。

#52

ハピネス三茶・食堂
絆と基子。
基子「もしかして、アンタ、双子の？」
絆「え、何で知ってるんですか？（記憶をたどる）」
基子「ノストラダムス教えてくれた小学生？　ほら、私がテスト燃やしてたら」
絆「（あッとなる）あーッ、二八点？」
基子「あん時のぉ？」
絆「（指さす）あーッ！」
基子「（二人同時に）年とったよねぇ」
絆「（二人同時に）老けちゃって」

＃53　同・外観
夕焼け。塀に今もうっすら残っている『ハルマゲドン』の落書き。

＃54　同・ゆかの部屋
住所録を前に電話している、ゆか。
ようやくものが言える状態になっている。
ゆか「（泣きそう）ゴボッて。天井がゴボ！　終わりです。もう、カンペキ終わりました。――至急、見積もりを。やっぱ、高いッすよね」

＃55　同・庭
夕焼け。
一斗缶で、落下してきた天井の木材等の不用品を燃やしている基子。
座って見ている絆。
絆「何で、あの時、テスト焼いてたんですか？」
基子「親に見せるのが怖かったからでしょう」
絆「あれって、二〇年ぐらい前の話？」
基子「私が、中二だったから――ちょうど二〇年」
絆「まさか、同じ所で、こうやって出会うとはねぇ」

基　子「あんた達、地球が滅亡するとか言っちゃって――しなかったじゃない。もう一人はどうしてるの？　あの、しゃべらない方（も座る）」
絆　子「しゃべらない方が私です」
基　子「何だ、しゃべるようになったんじゃない。生意気な子は、今、何してるんですか？」
絆　子「――死んじゃいました」
基　子「は？――死んだって」
絆　子「本当に滅亡しちゃいました。一九九九年に」
基　子「あ――（言うべき言葉がない）」
絆　子「いいとこに就職して、恋人も出来て、何もかも絶好調ですって時に、逝っちゃいました」
基　子「――」

＃56　回想
屋根の上。
喪服の絆（二三歳）が、カツサンドを食べている。
絆(声)「お姉ちゃんと一緒に、私も滅亡しちゃったみたい」

＃57　ハピネス三茶・庭

絆と基子。

絆子「あの日から、私って、終わった世界をダラダラ生きてるだけかもしれない」

基子「――」

絆子「死ぬの私だったらよかったのかもね。そしたら、泣く人も少なくてすんだし、その方が効率がいいって言うの？」

基子「そんなこと言うもんじゃないです」

絆子「だって、本当の事だもん」

基子「誰が死んだって、同じぐらい悲しいに決まってるでしょ」

絆子「そうかな」

基子「そうです」

絆子「三人でいた時――あの時も、今みたいにカレーの匂いしたね」

基子「あんたが、地球が滅亡したら、カレーの匂いもなくなるって言ったのよ」

絆子「(笑う) なくなったのは――お姉ちゃんだ」

基子「こんなに、カレーの匂い、してるのに」

絆子「――」

基子「そうですか――もう、いないんですかぁ」

＃58　同・夏子の部屋

落ちた本を運んでくるゆか。
時間がたって、ゆかも立ち直っている。

夏子「ごめんなさいね」
ゆか「教授のせいじゃないッす。うちが古過ぎるンす——落ちた本、これで全部です（手渡す）」
夏子「（受け取って）ありがとう」
ゆか「（本を見て）あーあ」
夏子「ん（見る）」
ゆか「ボロボロになっちゃいましたよ、これ（ボロボロになった一冊の本）」
夏子「（豪快に笑う）オカジマの本だ！　ざまぁ見ろ！　つまらんことばっかり書いてるから、バチが当たったんだ（気持ち良さそうに笑い飛ばす）」
ゆか「教授、ほんッとに、嬉しそうですね」
夏子「だって、大キライなんだもん」

＃59　同・食堂

きれいに、片づいている。
が、天井の穴はそのまま。

夏子、基子、絆、ゆか、カレーを食べている。

夏子「アッ！」

三人「(見る)」

夏子「何でカレーなの？　今日、大トロだって言ってなかった？」

ゆか「(教授を指さす) あ〜ッ！ (大慌てでキッチンへ)」

基子「大トロッ！」

絆「カレーにトロって――」

ゆか「これこれ (大トロの皿を持ってくる)」

醤油やら箸やらを皆でまわす。

夏子「これ、どうしたの？」

ゆか「それが、偶然、うちのゴミ箱に捨てられて」

基子「ゴミ箱！」

絆「これ、捨ててあったものなの？」

皆の手元が止まって、ゆかを見る。

ゆか「いや、だって、パックに入って、氷も入ってて、それがさらに透明のビニールにくるまれてて、で買い物の袋に入ってたんですから、捨ててあったというか、置いてあったというか」

基子「この暑い時期に？」

ゆか「いや、だから、捨てた瞬間に拾いましたから、私」
皆の視線がゆかに注がれる。
ゆか「捨てた本人ともお話ししましたし——大丈夫ですって」
夏子「捨てた本人って誰？」
ゆか「——知らない人です」
基子「知らない人が捨てたものを食べるのは、危険過ぎませんか？」
絆「(テレビをつける) ゆかちゃん、それは、ヤバイよ」
ゆか「でも、悪い人には見えなかったッスよ」
テレビから流れるニュース。
馬場万里子の写真が映し出される。
基子「あーッ！」
絆「私、今日見たよ、この人。マジシャン！　お金、次から次へと出してた」
ゆか「この人！　この人です！　トロくれたの」
絆「えッ、マジシャンに？」
基子「このトロ、馬場チャンからもらったの？」
絆「ババチャン？」
ゆか「知り合いなんですか？」
夏子「——私も会ったわよ、電車の中で」

全員「えっ?」と夏子を見る。

#60

電車の中（回想）

スリッパを履いた夏子。その向かいに、左右違う靴を履いた馬場万里子。

足元を互いに意識し合って、チラチラ見ている。

#61

ハピネス三茶・食堂

基子「（しみじみと）そうですか。左右違う靴履いてましたか。逃げる時、焦ったんだ、馬場チャン」

ゆか「友達だったんですか?」

基子「うん、残り少ない同期だったんだけどね——今、横領して逃走中」

絆「（一人、刺し身を食べ始める）」

ゆか「絆さん?」

絆「だって、この人の友達から貰ったんでしょ? だったら大丈夫だよ。（食べて）うまッ!」

ゆか「ですよね、私も（箸を持つ）」

夏子「（基子に）アナタ、それで、悲しかったんですね」

基子「悲しいって言うか、バカって言うか——（心の底から）何とかならなかったのかなぁ」

夏子「シバモト、私のとっておき出して下さい」

ゆか「いいんですか？」

夏子「絆さん、私、トロ、数えてますからね。あんまり無法な事しないように」

ゆか「（日本酒のビンを出してくる）教授のおごり入りま～す」

絆「でも、うらやましいよね。何もかも捨てて逃げてゆくなんて修羅場、ちょっとやってみたい気がする」

基子「私は、絶対、やらないです」

夏子「あら、それはわからないわよ」

ゆか「教授もあったんですか？　修羅場」

夏子「もちろん」

絆、ゆか、基子、思わず身を引く。

夏子「激情にかられて、追分団子を川に投げ込んだ事もありました」

ゆか「追分団子を川に――（想像してる）」

絆「昔の人は、過激だわ」

基子「（煮詰まった顔でトロを食べている）」

ゆか「どーかしました？」

基子「（しみじみ）これが大トロの味なんですね」

#62　早川家・ダイニング
テーブルに基子の為の食事の用意。

その向こうのリビングでは、梅子が煎餅《せんべい》を吸いつつ（なぜかと言うと、クズが散乱するのが嫌だから）食べながら、テレビを見ている。

テーブルに食べクズが落ちる度、いちいち、なめた指でかき集めては捨てたりしている。

#63　バー『泥舟』・外観

#64　バー『泥舟』
夏子、ゆか、基子。

皆、少々酔っぱらっている。

ゆか「教授にハンカチ貸してもらうなんて、それ、奇跡ですよ」
基子「え、そーなんですか？」
ゆか「ゼミで何人の女の子を泣かしてきた事か！　泣いても、全然容赦しませんからね、この教授は」
夏子「私は泣く事を許さないわけじゃないんです。考える事をやめて適当にごまかす事が許せないんです」
夏子「早川さんは、そうじゃなかったんですか？」
ゆか「この人は、心底悲しんでましたよ。私は、心から涙する人間には、親切であり続けたいと思ってます」
基子「あれ？　絆さんは？」
ゆか「帰りました。仕事するって。何しろ、所持金八三円ですから」
基子「え、八三円って——銀行にはあるんでしょ」
ゆか「甘い。あの人に限って、それはない」
基子「じゃ、どうやって暮らしてゆくの？　たった八三円で！」
ゆか「それが不思議なんですよねぇ。まあ、うちでツケで食べてますけど、その他はどうしてるのか。誰かに頼むってタイプでもないし、謎ですよねぇ」
基子「！」
夏子「アナタ、この世に、そんな女が居るとは信じられないって思いましたね、今」
基子「(言い当てられて、困惑）はぁ」
夏子「それは違います。色々、居ていいんです」
基子「——私みたいな者も、居ていいんでしょうか？」
夏子「(ジッと見て）居てよしッ！」

＃65　ハピネス三茶・絆の部屋
綱吉、大トロを食べている。
漫画を描いている絆。
大きなクシャミの音。
絆、びっくりして振り返る。
基子が座っている。

絆「うわッ！　何で、そこにいるのよぉ！」
基子「一応、ノックしたんだけど」
絆「な、何よ！」
基子「いえ、そろそろ帰ろうかと思って」
絆「ふーん、そう」
基子「すごいね、あんなに飲んだ後に、仕事するなんて」
絆「パンプキンパンク、パンプキンパンク、パンプキンパンク――ほら大丈夫」
基子「何ですか、それ」
絆「パンプキンパンクって三回言えたら、まだ酔ってない証拠なのよ。仕事しても平気なの（仕事に戻る）」
基子「あのー私、考えたんですけど――」

絆　「何？」

基子　「(財布の中身をぶちまける。七千円と小銭) 八三円しかないなんて、無謀過ぎます。今日、私、これだけしか持ってないんですけど、これ、貸しますから」

絆　「(基子の方を見る) え、いいよ、来週入るし」

基子　「来週って、まだ七日もあるんですよ」

絆　「大丈夫だって、いつもそうなんだからさ」

基子　「立ち入った事、聞きますけど、他に借りるあてあるんですか？」

絆　「――(考えている。ないことに気づく)」

基子　「ないんでしょ」

絆　「――うるさいわねぇ。お金なんてものはね、借りるもんじゃないの！」

基子　「やっぱり、いないんだ。借りる人」

絆　「(気色ばむ) アンタねぇ！」

基子　「私も、お金貸す人、いないんです」

絆　「へ？」

基子　「三四になるまで、お金、貸した事、一回もないんです」

絆　「それは――すごいかも」

基子　「そういう事、一度やった方がいいんじゃないかって思うんです。イヤですか？　私から借りるのは？」
絆子「だから、誰がイヤとか、そういう話じゃないの」
基子「やっぱり、ヤなんだ。私じゃ、負担に思うんだ——（煮詰まる）」
絆子「わかった。借りるって、借ります。——でも、何で私なの？　一番最初に貸す人が」
基子「（考えて）あなたなら貸せると思ったから——」
絆子「（困惑）」
ゆか、ノックして顔を出す。
ゆか「あーッ！」
基子「な、何？」
ゆか「（基子を指さして）部屋の中に入ってるッ！」
基子「え？」
ゆか「絆さんは、絶対、部屋に人を入れないヒトなのに」
基子「え、うそッ！　そうなの？（慌てて部屋の外に飛び出す）何で言ってくれなかったのよ」
絆子「だって、言う前に入ってきちゃったんじゃない」
基子「（境界線の外から）ゴメンね」
絆子「もう、中途半端だな。入るか入らないか、どっちかにしてよ」

ゆ　か「いいんですか？　入っても」
絆「もう、いいわよ」
基子・ゆか「せーの（で入る。何となく二人笑い合う）」
絆「（ゆかに）で、何の用？」
ゆ　か「あ――（二人を見て）西瓜《すいか》、切ったんですけど」

#66　同・庭
絆、基子、黙々と西瓜を食べている。

塀に『ハルマゲドン』の落書き。

ゆか（声）「正直言うと、皆の食事を作るのはとても面倒です。毎日、今日こそやめてしまおうと思っているのですが、なぜか次の日になると、ついつい作ってしまうのです」

#67　同・キッチン
きれいに片づけられている。

洗った布巾。ふせられたグラス。

誰もいない。

ゆか（声）「お父さん、これって、何なんでしょうか。自分でもよくわかりません」

#68　同・ゆかの部屋
パソコンに向かっているゆか。

父親に送るメールの文章を打ち込んでいる。

ゆか（声）「そういうわけで、当分食事つきは続ける事になりそうです。さて、ここから先は、お父さんの気分がいい時に読んで下さい」

#69　同・食堂
天井の穴から、Ａ４の紙がヒラヒラ落ちて来る。

ゆか（声）「教授が天井に穴を開けてしまいました」

#70　同・夏子の部屋
明かりが消えていて、誰もいない。

扇風機がつけっぱなしになっていて、読みさしの文献やら書きさしのメモ等が風に舞っている。

ゆか（声）「いくら見積もりが来るのか、コワいです」

#71　同・ゆかの部屋

パソコンに向かうゆか。

ゆか（声）「いいニュースもあります。入居人が一人増えそうだという事です。どんな人か、ひとくちで言うと――」

パソコンの手を止めるゆか。

ゆ　か「（つぶやく）ひとくちで言うと――」

＃72

最終電車

煮詰まった顔で座っている基子。

ゆか（声）「とても煮詰まった人です」

＃73

ハピネス三茶・絆の部屋

猫を抱きながら、買い物リストを見ている。その横に基子から借りたお金。

何を買うか検討しているのだ。

絆「取り敢えず、明日、マニキュアと、本とプリンを買おうと思いますが、どうでしょうか？」

猫の右手を上げさせる。

絆「（声色）異議なし！」

猫の手やらお金を、匂っている絆。

ゆか（声）「今日、今年初めての西瓜を買いました。半分に切ったヤツです」

＃74　夜道

一人、夜道を歩いている基子。

ゆか（声）「いつか、下宿人でいっぱいになったら、西瓜を丸々一個買おうと思います。そんな日が来るように、お父さんもスリランカで祈って下さい。また、メールします。ゆか」

酔っている基子。

薬局の人形にからむ。

基　子「馬場チャン、長い一日だったね」

空を仰ぐ。

夜空に星。

基　子「私、家、出てみようかな。私みたいな者でも、ひとりで生きてゆけますかね。おい！　馬場！　返事しろ！——なんだ、人形か」

基子、掌を開く。絆の汚い字で書かれた借用書が出てくる。

裏を返すと、描き損じたエロ漫画。

絆が何度も描き直した線。

基　子「パンプキンパンク、パンプキンパンク、パンプキンパンク——よし！　大丈夫だ」
ひょこひょこ歩いてゆく基子。

#75 ハピネス三茶・外観
夜中。
二階の絆の部屋だけ、明かりがついている。

#76 同・絆の部屋
鉛筆を握ったまま、机につっぷして眠っている絆。
ネームの途中らしい。
『世界は再び始まった』と書かれている。

#77 バー『泥舟』
夏子、背筋をのばしたまま、一人で酒を飲んでいる。

#78 ハピネス三茶・ゆかの部屋
かなり寝相の悪いゆか。

ゆか「(悪夢を見ているらしい)お、追分団子ぉ〜」

（つづく）

すいか
suika

第2話

脚本＝木皿泉

Izumi Kizara

♯1
ハピネス三茶・外観
夏の夕暮れ。
庭から、ラジオの野球中継の音が聞こえてくる。

♯2
同・庭
ラジオから流れる野球中継。
夏子、絆、ゆか、夕食を食べている。
焼肉とビール。

ゆか「今日、ハヤシ精肉店、パトカー来てましたよ」
絆「何かあったの？」
ゆか「ストーカー騒ぎがあったらしくて」
絆「ああ、あそこ、女ばっかりだもんね」
ゆか「若い男が、のぞいてたらしいッす」
夏子「それは、私達も気をつけないといけませんね」
絆「私達って？――」
ゆか「教授は大丈夫なんじゃないですかぁ」
夏子「(真剣に) だって、年寄りのストーカーもいるかもしれないし」
絆「年寄りのストーカーがいたとしても、ねぇ」

ゆ　か「年寄りのストーカーも若いネエチャン狙うんじゃないでしょうか」
夏　子「シバモト、ネエチャンなんて下品な言葉はお止めなさい！（睨む）」
絆・ゆか「（おー怖）」

＃３　街中

夕方。仕事帰りの基子。
男が、基子の後をつけている。
基子、後ろを気にしつつ、ジグザグに歩く。
男、ひたひたと、ジグザグについて来る。
基子、突然、走る。男も、走る。

基　子「！」

基子、路地に逃げ込む。が、行き止まり。
基子、振り返る。
すぐ、そばまで迫り来る男。

基　子「うわぁ〜ッ！」

＃　タイトル

＃4

ファーストフード店
座っている基子。
追っていた男が、ハンバーガーを頬張っている。
基子の前に名刺。
この男は、どうやら週刊誌の記者らしい。

男　「もちろん、写真は、すぐお返しします。いないんですよ。馬場万里子って、友達が」
基子「私だって、別に、友達ってほどじゃあ――」
男　「あ――判ってます！　あなたが、友達だって言ってるわけじゃないんです。まさか、三億円使い込んだ犯罪者と友達だなんてね、そりゃ、ないですよねぇ」
基子「（複雑）」
男　「それは、判ってます。ただ、信用金庫の同期入社って事で言うと、みんな辞めちゃって、早川さんしか居なくて――」
基子「（煮詰まる）」
男　「もし、馬場万里子の写ってる写真をお借りする事が可能なら、お礼として、五本ご用意いたします」
基子「五本？」

男　子「（なぜか自慢）五万円」
基　子「（驚愕）ご、五万円ッ！」
男　子「こんなふうに（仕種を見せる）お札持ってる写真なら、もっと出せます」
基　子「――それって、つまり、一枚で？」
男　子「（自慢）一枚で五万」
基　子「！」
男　子「（頭をテーブルにすりつける）お願いします。彼女の最近の写真、ほんッと手に入らなくて。もし、その気になられましたら、こちらへ。ぜひ！　ぜひ！（ケータイの番号の書かれた名刺を基子に押しつける）」
基　子「いや、だから――（と言いつつ、名刺に興味）」

＃5　早川家・玄関
飛び込んでくる基子。
基　子「ただいまッ！」
そのまま、二階へ駆け上る。
梅子、顔を覗かせる。
梅　子「あのね、今日ね――」
が、もう基子の姿はない。

♯6 同・基子の部屋

基子、アルバムをめくる。
基子と馬場チャンの写真も、何枚かある。
それを、一枚、二枚、と数える。全部で十三枚。

基　子「(ひとり言) これで、六五万ってことか？ (すげぇ)」
写真、なぜか一枚なくなっている。

梅子(声)「基子ぉ〜、電話ぁ〜」
基子、反射的にアルバムを隠す。

♯7 同・階段

ドドドと駆け下りる基子。

♯8 同・リビング

受話器を梅子から受け取る基子。

基　子「もしもし」
電　話「うそぉ〜ッ！　ヤダぁ、まだ居たんだぁ」
基　子「もしもし？」

電話「私、高校ン時、一緒だった吉川《よしかわ》ユリ子《こ》。覚えてる?」
基子「え?――ああ」
電話「ひょっとして、まだ、そこに居るかなぁって思って、かけてみたんだけど、まだ居たんだ。ねぇねぇ、テレビ見たんだけど、三億円横領したのって、もしかしてモトコの信用金庫の人?」
基子「うん、そうだけど」
電話「やっぱり。ねぇねぇ、知ってる人なの?　その犯人」
基子「っていうか(なぜか少し得意げ)お弁当とか一緒に食べてたんだけどぉ――」
電話「すっご~い。そーなんだ。モトコ、有名人じゃん」
基子「(嬉しい)だから、お弁当、食べてただけだって」
梅子が、踊るようにターンしながら、肉の包みを開いて、基子に見せる。
邪険にする基子。

＃9　同・ダイニング
夕食。
しゃぶしゃぶを食べている梅子と基子。
食卓には、もう一人分用意されている。

まだ帰っていない父親の分である。
が、二人はもう始めている。
基子「いい肉じゃん、コレ」
梅子「百グラム千二百円。臨時収入があって」
基子「ふーん（食べている）」
梅子「（座ったまま、後ろに手を伸ばして何やらつかんで、基子の食べている前に置く）これ」
基子「（食べながら、興味なく見る）」
基子と馬場チャンの写真。
職場で写したもので、二人とも面白くなさそうな顔をしている。
基子「！（思わず、手に取る）これって――」
梅子「それ、ちょっと貸しただけで、一万円もらっちゃった。ね、ウソみたいな話でしょう？」
基子「（絶句）」
梅子「（食べる）いかにもテレビの人って感じだったわよ。背広とか着てなくて――」
基子「写真、貸したの？」
梅子「そッ。だから、しゃぶしゃぶなんじゃない（食べる）」

基子「な、何で、勝手にそんな事、すんのよッ！」

梅子「何が？」

基子「人のものを！　何の許可もなく！」

梅子「いいじゃない。写真は、戻ってきてるんだから」

基子「そういう問題じゃないでしょッ！」

梅子「だって、アンタ、何も損してないじゃない。むしろ得よ。しゃぶしゃぶ、食べられたんだし」

基子「私の――私と馬場チャンの友情は、どーなるのよッ」

梅子「友情って――、あんた、いつも悪口言ってたじゃない。それに、今は、言っちゃあ何だけど、犯罪者なんだし」

基子「！」

梅子「何よ。アンタだって、そう思ってるんでしょ？　さっきだって、電話で、馬場チャンの事、得意気にペラペラしゃべってたじゃないの」

基子「(怒りが爆発）あ、アンタが、馬場チャンって言うなッ！（席を立つ）」

梅子「どこ行く気？」

基子「もう、こんな家、イヤだ」

出てゆこうとする基子。

梅子「何よ、出てゆく所もないくせに」

基　子「私だって、行く所ぐらい、ありますッ！」
　バンッと出てゆく基子。
梅　子「（おさまらない）何よ――何だってゆうのよ」

＃10　同・階段
　上ってゆく基子。
梅子（声）「（叫んでる）どーするのよ、お肉。六百グラムも買ったのにッ！」
基　子「（知るか、そんな事）」

＃11　ハピネス三茶・夏子の部屋
　夏子、孫の手で背中をかきながら、テレビに見入っている。リモコンをなくしたのか、孫の手でチャンネルを変えたりしている。

　馬場チャンのニュースで、孫の手を止める。

　梅子が売った、馬場チャンと基子の写真。

　基子には、黒いラインの目隠し。

夏　子「あら、これ」

　まだ開いている穴に向かって叫ぶ。

夏　子「ゆかさん。ちょっと、テレビ！」

＃12　同・食堂

天井の穴を見上げているゆか。

ゆか「テレビ?」

夏子(声)「つけて、早く、早く」

ゆか、テレビをつける。

夏子(声)「ニュース見て、ニュース」

ゆか、チャンネルを変える。

馬場チャンと基子のツーショット写真。

ゆか「おーッ!　これ、早川さん?」

玄関で呼び鈴の音。

ゆか「(出てゆかねば、でもテレビも見たい)」

＃13　同・玄関

基子が旅行用のバッグを持って立っている。

ゆか、出てくる。

ゆか「(基子を指さして)あーッ!　本物ッ!(食堂の方と基子を交互に指さす)」

基子「?」

♯14 同・食堂
基子を引っぱり入れる、ゆか。
ゆか、テレビを指さす。
馬場チャンと基子の写真が、まだ映っている。
基子「(ゆかの指さす方を見て)」

♯15 同・絆の部屋
漫画を描いている絆。
下から聞こえる基子の「うえ〜ッ!」という悲鳴。
絆「(キッと顔を上げる) うるさいなぁ、もう」

♯16 同・食堂
バンッと入ってくる絆。
絆「ちょっとぉッ! さっきから、何、叫んでるのよ」
基子、呆然とテレビを見ている。
絆「何だ、また来たの?」
基子「(世にも情けない顔で振り返る)」

絆　子　基子の旅行バッグ。
「もしかして、家出？」
基　子　「（コックリ）」
ゆ　か　「（びっくり）えっ、そーなんですか？」

#17　同・食堂（時間経過）
お茶を飲んでいる夏子と絆とゆかと基子。
ゆ　か　「そりゃ、お母さんが悪いッすよ」
基子、出された煎餅をなぜか吸うように食べている。
絆　「ね、何でそんな食べ方するの？」
基　子　「ん？」
夏　子　「私も見ました。煎餅、今、吸いましたね？」
基　子　「うそ、私、吸ってました？」
ゆ　か　「吸ってますよ、さっきから、ずっと」
基　子　「うわっ（世にも嫌な顔）それ、うちの母親の口癖のせいだわ。クズの落ちる物は、吸って食べなさいって」
ゆ　か　「ああ、クズが落ちないように、ですか？」
基　子　「キレイ好きの母親で、子供の頃から、ずっと言われ続けてきたから」

ゆか「なるほどねぇ」
基子「(思わず、吸って食べてしまう)」
夏子「(無邪気に) あ、今、また吸った。ね (絆に) 吸ったわよね、今」
絆子「(教授に、だからやめなさいってという目)」
基子「(煎餅持ったまま、凍りつく)」

#18 同・納戸
戦前に建てられた物だけあって、その納戸には、色々な物が入っている。
何やら探している絆とゆかと基子。

ゆか「(探しつつ) で、その、写真を売ったお金で買ったしゃぶしゃぶを、食べたんですか?」
基子「(後悔) 食べました」
ゆか「それってェ、花子って名前まで付けて、可愛がってたニワトリを、知らないうちに食べさせられたようなもんですよね」
絆「ちょっと、違うと思うよ、そのたとえ」
基子「いや、同じ事です。友人を売ったお金で、買った肉ですから」
絆「(見つける) これ、どう?」
シャンデリア風の照明器具。

　　　絆、シャンデリアをクンクン匂う。
絆　　「ほら、使えそうだよ、これ」
基子　「何で匂うんですか?」
ゆか　「絆さんは、何でも匂うのが癖なんです」
絆　　「私は、何だって匂いで判るの（基子をクンクン匂う）アンタは、いい人だ
　　　　――みたいな?」
基子　「（複雑）」

#19　同・空き部屋
　　　シャンデリア風照明器具を取り付けている、絆とゆかと基子。
　　　取り付け完了。明かりをつける。
　　　何とも場違いな、豪華なシャンデリア。
ゆか　「後は、布団ですね（出てゆく）」
　　　絆も一緒に出てゆこうとして、振り返ると、基子が何もない部屋でポツンと
　　　狛犬《こまいぬ》のように座って、うつむいている。
　　　絆も、同じように、隣に座る。
絆　　「どーした?」
基子　「私は、いい人じゃありません」

絆　基子「は？」

絆　基子「本当は、私、馬場チャンの写真売るつもりだったんです。五万って言われた瞬間、すごい、五万、売っちゃえって、でも、すぐ答えるの下品かなって──」

絆　基子「──あぁ」

絆　基子「私、心の中でケーベツしてたの。母親の事、馬場チャンの事、何で、そんなに、お金みたいなものにコロッていってしまうんだろうって。最低だって──でも、本当は、私が一番、お金にコロッていく女だった──たった五万円で目の色が変わってしまって──母親の何に腹が立ったかっていうと、一万円で売ったからで、本当は五万で売れた物をって。何で勝手に一万で売るか。四万も損したじゃんって。頭ン中、四万の損、四万の損って、グルグルして、許せなくて、それって、結局、私が、一番セコいんです。私は、皆からケーベツされても文句言えない女なんです（ジワッと涙が出る）」

絆　基子「泣く事ないじゃん」

絆　基子「だって、だって、皆からケーベツされるんだよ──（想像してまた、うッと涙が出てくる）」

絆　基子「だから、誰もケーベツしないって」

絆　基子「──でも、四万の損って思ったんですから、私は」

絆　「皆それぐらいのこと思ってるって」
基子「いい、気休めは、いい」
絆　「本当だって。私だって売るよ。五万って言われたら。もうすぐ売っちゃう。本当だよ」
基子「――本当に？」
絆　「私らは、偉いよ。自分が、最低だって知ってるもん。これって、目茶苦茶、ラッキーだよ」
基子「――」
絆　「また、同じ事、繰り返すかもしれないけどさ、自分が最低だって泣くのは――きっと、いい事だよ」

#20　ビジネスホテルの一室

ここにも最低の女――馬場チャン、涙をふきながら、明太子でメシをかきこんでいる。

テレビから、馬場チャンと基子の写真が流れる。

面白くなさそうな顔のツーショット。

もちろん基子には目隠しが入っているが、馬場チャンには懐かしく、思わず顔がゆるむ。

馬場チャン「ハヤカワよぉ〜、もっといいの、あっただろうが」

♯21 ハピネス三茶・空き室
何もない部屋に布団が一組。
そこに座って天井を見上げている基子。
場違いなシャンデリアが、落ち着かない。

♯22 同・絆の部屋
枕をクンクン匂って、安心する絆。
寝る為に押入れの中に入る。
照明器具に長〜いヒモがつけてあり、そのヒモは、押入れの中へと続いている。
ヒモが引っ張られて、明かりが消える。

♯23 同・外観
夜。窓の明かりが消える。

♯24 街（日替わり）

休日の、のどかな午前の風景。
歩いている間々田伝《ままだでん》（四五歳）と、大きなケーキの箱を持った野口響一《のぐちきょういち》（二二歳）。

#25　道なき道
間々田と、ケーキを持った響一が、崖のような場所（もちろんコンクリートで固めた）を登ろうとしている。
響一「フツーの道、行きましょうよ」
間々田「何言ってるの、これが、楽しいんじゃない」
響一「はぁ（しぶしぶ、ついてゆく）」
間々田「これぞ、男の休日。路地裏の小さな冒険」
間々田、テレビのCMのように響一の腕をガッシと摑んで引き上げようとするが、なかなか、引き上がらない。
響一「だから、フツーの道、行きましょうって」
間々田「うん。そうだね」

#26　ハピネス三茶・庭
ゆか、布団を干している。

庭から間々田と響一が入ってくる。

ゆか「あ、間々田さん」

間々田「崎谷先生、いる?」

響一が、ケーキの箱を持って立っている。

ゆか「(間々田に)誰ですか?」

間々田「うーん。何と説明すれば、いいのやら」

響一「(ボソッと)ストーカーです」

ゆか「(ギョッとして)ス、ストーカァー!」

間々田「(響一の頭をはたく)何、言ってんだよ」

二階の窓が開く。

夏子が顔を出す。

夏子「伝ちゃん?」

間々田「あ、先生ッ! おはようございますッ!(最敬礼)」

#27 同・夏子の部屋

棚に夏子の若い頃の写真。

とても一般市民とは思えないほど、蠱惑《こわく》的である。

間々田の卒業時の写真も飾ってある。

教授の夏子と一緒に写っている。
二人は師弟関係らしい。
それらを見ているふりをしつつ、ゆか、間々田と響一を窺っている。
夏子の前に、かしこまって座っている間々田と響一。

間々田「これは、私の娘の元カレでして。元カレというのは、つまり、元、彼氏の略でして——」

夏　子「それぐらい、注釈入れなくとも判ります」

間々田「すみません——まぁ、コイツは、うちの娘に手痛く振られたわけでして」

ゆ　か「振られちゃったんですか？」

響　一「（頭を下げる）」

間々田「今日、娘の誕生日でして、コイツ、娘の為にケーキを予約してたみたいで。その事、思い出して、振られたけど、せっかくだからって、持って来てくれたわけです。このケーキを」

響一の膝の上のケーキの箱。

ゆ　か「そうとう大きいッすね」

間々田「そしたら、娘のヤツ、コイツの事、ストーカー扱いですよ。持って帰れって。キツイの何の。で、ケーキ無駄にするのも、何だし。ここは女の人も多いから、食べてくれるんじゃないかって、——あらまし、そういう話でして」

ゆ　か「え、うちで食べていいんですか？」
間々田「どうぞ、どうぞ。うちのがバカで。キモい、キモいって大騒ぎして、このケーキに何か入れてるんじゃないかって、――あ、入ってませんよ。何も。なぁ」
響　一「もちろんです」
間々田「ほんッと、バカ娘で」
夏　子「そういうことなら、ありがたく、いただきましょう。（響一に向かって）ありがとう。いただきます」
響　一「（頭を下げる）」

響一の目が穴にゆく。

下の食堂が見える。

食堂で、絆がラジオ体操をしている。

曲は、自分で口ずさんでいるらしい。

絆の手やら、足やらが、伸びたり縮んだりしている。


間々田（声）「いやぁ、良かった。娘はキーキーわめくし、コイツはさえない顔してるし、いやいや、もう」

夏子（声）「ゆかちゃん、冷蔵庫に入れておいて。皆で食後にでもいただきましょう」

ゆか（声）「いいッすね！」

響一、絆を見ている。
〈胸を大きく開く運動〉で、絆、上に反り返る。
響一と絆、目が合う。
絆、びっくりして、穴の視界から逃げてしまう。

間々田「おい、どうした？　気分でも悪いか」

響　一「（顔を上げる）いえ」

＃28　同・空き室

まだ眠っている基子。
その横に、同じ恰好で猫の綱吉も眠っている。

＃29　同・食堂

ケーキの箱を開ける。
ものすごく大きいケーキが出てくる。
『ハッピーバースディモモちゃん』と書かれている。

ゆ　か「うわぁッ、デラックスぅ〜」

後ろでタオルをひっかけ、歯ブラシを持っている絆。

絆「モモちゃん？　誰？　あ、何？　また拾ったんじゃないでしょーね」

ゆか「近いですねぇ」
絆「えーッ、コレ、捨ててあったの？」
ゆか「もらったんです」
絆「またぁ？　誰によ？」
ゆか「（顔で、庭をさす）」
絆「（見る）」
　響一が、草をむしっている。
絆「（あ、さっきのヤツだ）誰？」
ゆか「間々田さんの、娘さんの、元カレ？」
絆「元カレ――」
ゆか「振られたらしいッす」
絆「モモちゃんに？」
ゆか「そう、ママダモモちゃんに――ママダモモ？　ふざけた名前つけやがるなぁ、あのオヤジ」
絆「（庭の方を振り返る）」
　懸命に草をむしる響一の背中。
　その奥で、張り切って庭の木の枝を払ったりしている間々田。

＃30　同・階段
ドドドッと駆け上る、ゆか。

＃31　同・空き室
ドドドッという階段の音。
眠っている基子、跳ね起きる。
基子「か、母さん？」
周りを見回す。基子の旅行鞄。
あ、そうか。家を出てきたんだと気付く。
ノックの音。
基子「はい」
ゆかが顔を出す。
ゆか「そうめん、食べますか？」
基子「今は、いいです」
ゆか「わかりました。おやすみなさい」
ゆか、ドアを閉める。
基子、再び布団に倒れ込む。
ドドドッと階段を下りてゆく音。

下から、カチャカチャという食器の触れ合う音や、とぎれとぎれに人の声が聞こえてくる。
何となく安心して、再び眠りに入る基子。

#32 同・食堂

そうめんを持って入ってくる、ゆか。
庭から入ってくる、間々田。

間々田「いやいや、けっこう、腰にくるな。年だわ」
靴下を脱ぐ。

ゆか「(足元を見る) 何ですか、それ」
間々田の足の指に、赤いペディキュア。

間々田「何？ (も足元を見る) あぁッ！ なんだ、こりゃ」

ゆか「自分でやったんじゃないんですか？」

間々田「違うよッ！ 何言ってるの。カミさんだよ。オレが寝てる間にやったんだよ。きっと、何か気に障る事したんだと思う、オレ (色々、考えを巡らせる) アレか？——いやいや、アレは済んだ事だよな」

ゆか「なんで、直接言わないんですか？ 奥さん」

間々田「核心には触れないの。それが夫婦のルールなの」

ゆか　　ゆか、キッチンへ戻りつつ。
「ほぇ〜、深いっすねぇ、夫婦は——」
間々田「（ブッブツ）浅いんだよ。浅いから、細心の注意が必要なんだよッ！（自分の足を見て、く〜ッとなる）」

#33　同・庭

響一、モモちゃんへのバースディカードを、埋めている。
背中から、シャベルが差し出される。
振り返ると夏子。

夏子「これ（使えば？）」
響一「あ（頭を下げて、受け取る）」
夏子「（埋めるのを見ている）もっと深い方がいいんじゃない」
響一「（掘る）あのー、こんな所に、こんなもの、埋めちゃっていいんでしょうか」
夏子「どうして？　ここに住んでた人は、皆そうしてきたわよ」
響一「そうしてきたって？」
夏子「忘れたい物は、みんな埋めていいの。伝ちゃんだって——」
響一「伝ちゃんって、間々田さんですか？」
夏子「（頷く）伝ちゃんだって、泣きながら、土、掘ってた事あったわよ」

間々田、ゆかと食堂でゲヒゲヒ笑っている。

夏子「二〇年ほど前の話だから、そんな事、もう誰も覚えてないけどね」

響一「でも、先生は覚えてるんだ――」

夏子「私はね、吸血鬼みたいなもんだから」

響一「(ギョッとして見る)」

夏子「(ニッと笑う)学生ン時から住んでるのよ、私。大人になって、皆、ここを出て行ったけど、私だけ、ずっと、ここに居るの。時間の止まった吸血鬼みたいでしょう?(埋めおわった所をトントン踏む)ハイ、終わり! ほら、アナタも踏んで」

響一「(も踏みつつ)――オレだけじゃないんだ。埋めたの」

夏子「みんな、何かしら埋めて生きてるもんです」

響一「(少し笑う)」

夏子「安心して忘れなさい。私が覚えておいてあげるから」

＃34 街

日傘をさした梅子が堂々と歩いてくる。

ケータイを開ける。地図に、赤い印がついている。

この印は、基子の居る場所を示しているらしい。

♯35　ハピネス三茶・外観
梅子、鼻息荒く、建物を見上げる。

♯36　同・玄関
梅子、入ってくる。
梅子「すみません」
食べかけのそうめんを持ったまま出てくるゆか。
ゆか「はい」
梅子「こちらに、早川基子という者が、おじゃましておりませんでしょうか?」
ゆか「ああ、早川さんなら（上を指さす）」
梅子「どちらの部屋で?」
ゆか「階段上って、右の一番奥の部屋ですけど――」
梅子、ドカドカと入ってゆく。
ゆか「（なんじゃ、このオバサン）」

♯37　同・空き室
眠っている基子。

基　子　　横になったまま、階段を上る音に、ン？　と反応する。
基　子「（あれは、まさか——）」
　　　　ドアがバンッと開く。
基　子「（飛び起きる）」
　　　　梅子が仁王様のように立っている。
基　子「うわぁッ！」
梅　子「（一喝）アンタ、いつまで寝てるのッ！」
基　子「うわぁッ！　うわぁッ！　うわぁッ！（逃げまどう）」
　　　　基子を部屋の隅に追い詰める。
基　子「あぁ〜ッ！」

♯38　同・食堂
　　　　並んで座っている基子と梅子。
　　　　基子は、着替えているが、寝癖がついたまま。
　　　　梅子、基子の寝癖をなでつける。
　　　　基子、梅子の手を邪険に払いのける。
　　　　なぜか間々田が、ニコニコしてお茶とクッキーを持ってくる。
梅　子「（立ち上がって）あ、大家さんでいらっしゃいますか。この度は——（深々と頭を下げる)」
梅子の目に、間々田の真っ赤なペディキュアの足。

梅　子「!(キッと間々田を見る)」
間々田「あッ(思わず足の指を丸める)いや、私は大家では、ないんです。(大声)ゆかちゃん!」
梅　子「(基子に)この人、どなた?」
基　子「全然、知りません」
梅　子「(怪しいヤツ、という目)」
間々田「あ、私、二階の崎谷教授の教え子と申しますか、弟子と申しますか」
基　子「あ、教授のお知り合いですか?」
間々田「そう、それ!　かつ、この家のオーナーである芝本の友人でもあります。え ー、現在、出版社に勤めておりまして、『男の小箱』という雑誌の編集長をやっております。(大声で)ゆかちゃん!(梅子に)ちょっと失礼」
足の指を丸めた奇妙な恰好で笑顔のまま、素早くキッチンへ。

梅　子「見た?　足の爪。見せびらかしてるのよ、アレ」
基　子「(無視)」
梅　子「なによ(も無視)フン」

#39

同・キッチン
食堂が見えるようになっている。
隠れているゆか。
入ってくる間々田。
間々田「ゆかちゃん、出て行ってよ。大家さんだろ」
ゆか「ああゆうタイプは、ちょっと、ご勘弁です」
二人、食堂をのぞく。
梅子と基子、クッキーを食べている。

#40

同・食堂
梅子と基子、同じような仕種でクッキーを食べている。
二人とも、やっぱり、吸うように食べている。

#41

同・キッチン
のぞいている間々田とゆか。
間々田「ヘンな食べ方だなぁ」
ゆか「時々、吸うんですよ。クズが落ちないように」
間々田「へぇ――あ、今、吸った！（なぜか嬉しい。ゆかに）見た？ 吸ったよねぇ、ねぇ」

42

同・食堂
梅子と基子、丹念に落ちたクズを集めて、捨てている。
何もかも、そっくりの親子。

43

同・絆の部屋
絆、タオルを首にかけて漫画を描いている。
暑い。クーラーはおろか、扇風機もない部屋。
時計を見て、オッとなり、立ち上がる。帽子とカバンを持って出かける用意をする。
窓から見下ろすと、響一がまだ草むしりをしている。

絆「なんだ、アイツ。まだやってるの」
響一、よし、と立ち上がる。

絆「あ、ハートだ」
よく見ると、ハートの形に草を抜いている。
さすがに疲れたのか、響一、腰を伸ばして体をそらす。
二階の絆と目が合う。

響　―「！」
　　自分のした事がバレて、慌てる響一。
　　ハートをつぶそうとする。
絆　―「(叫ぶ) あ、もったいないって！　いいよ、そのままで」
響　―「(かっこ悪い所を見られてしまった)」

44
　　同・庭
　　響一、二階の絆をチラチラ気にしつつ、雑草の後始末をしたりしている。
絆(声)「もしかして、ものすごく暇？」
響　―「(見上げる。頷く) まぁ」
絆　―「散歩しない？」
響　―「この暑いのに、ですか？」
絆　―「いやなら、いいわよ (引っ込む)」
響　―「(叫ぶ) 行きます！」
絆　―「(再び、顔を出す) じゃあ、玄関で (引っ込む)」

45
　　同・食堂
　　並んで座っている基子と梅子。

基子「(低く) 何で判ったのよ、ここだって」
梅子「あんたのケータイは、どこにいるかリサーチできるサービスがついてるじゃないの」
基子「(しまった！　そうだった)」
梅子「とにかく、私は許しませんから。結婚もしてないのに、家を出るなんて」
基子「私だって、帰りません」
梅子「(いきなり、泣き出す) 一戸建ても買って、うちは、九九・九九九パーセント、幸せだったのにぃ」
基子「は？」
梅子「(キッと基子を見て) あんたが結婚しないから、うちは不幸のどん底よッ！」
基子「(そう来たか)」

#46　同・夏子の部屋
夏子、本を読んでいるが、穴から親子の話が聞こえてくる。

梅子(声)「だいたい、何でここなの？ (吐き捨てるように) こんな、天井に穴の開いたようなロクでもない所」

基子(声)「関係ないでしょ。私は、ここが好きなのッ！」

梅子(声)「何が好きよ――こんな下宿屋、なかったら良かったのよぉ」

あまりの言いように、夏子笑ってしまう。

＃47 同・食堂
にらみ合う梅子と基子の頭上から、夏子のハッハッハッという笑い声が聞こえてくる。
天からの声に怯える梅子。

＃48 街
歩いている絆と響一。

＃49 酒屋
途中、缶ビールを買っている絆。
響一、持たされる。

＃50 学校が見える場所
破れた金網をくぐったりしながら、学校に向かってどんどん歩く絆。
響一「どこ行くんですか？　学校ですか？」
黙って歩いてゆく絆。

ついてゆく響一。

＃51
プール
水着姿の生徒達が何人も作業している。
それを金網ごしに、座って見ている絆と響一。

絆　――「(缶ビールを開ける) 今日、水の入れ換えの日なんだ (響一にも、ビールをすすめる)」

響一　――「ああ、それで (ビールを開けて飲む)」

絆　――「結構、時間かかるのよ、これが。水抜いて、プールをゴシゴシ洗って、また水を張って」

響一　――「え、これ、見に来たんですか?」

絆　――「つまんなかった? そうか、そうだよね」

響一　――「いえ」

絆　――「水換える日は、必ず来るのよ、私。水がね、いっぺん空になって、また一杯になるのが好きなの」

響一　――「それ、ずっと見てるんですか?」

絆　――「うん、ずっと見てる。日暮れまで、ずっと」

響一　――「へんな人だな (ビールを飲む)」

絆　「人も、こんなふうに、中身全部出して、新しいの入れる事が出来たらいいのにね――って思ったりして」

響　「――」

絆　「忘れられなくて、いつまでもひっかかって、前行けないの、バカ過ぎるよね。頭では、判ってんだけど。これがなかなかねぇ」

響　――「ひょっとして、これって、失恋したオレの事、励ましてくれてるんですか?」

絆　「励ましてあげたいんだけど、私も同類でさ」

響　――「――同類って」

絆　「前に行けないのは、私も同じってこと」

響　――「――失恋ですか?」

絆　「じゃないけど(飲む)」

響　――「そっか。深い所に何か埋めたんだ、そっちも」

絆　「何、それ」

水着の子供達に「ヒューヒュー、頑張れよぉ」と野次られる。

絆　「頑張れって言われてもなぁ――ねぇ」

＃52　ハピネス三茶・夏子の部屋

夏子、窓を覗く。

庭の雑草がハート形に抜かれている事に気付く。
中に引っ込んで、玩具の弓矢を持ってくる。
ハートに狙いを定めて、矢を放つ。
見事、ハートの真ん中に突き刺さる。

夏子「よしッ！」

#53　プール

時間が経過している。
絆と響一。
プールをゴシゴシ磨いている生徒達。

響一「(写真を見る) あ、双子なんだ」
絆「え？」
響一「あ、これ (絆と結の写真) 落ちてた」
絆「あ (写真、受け取る)」
響一「その、もう一人の人は何してる人？」
絆「いや──実は、もういないんだ。死んじゃって」
響一「え──あ、ゴメン」
絆「そっちこそ、何？　大学生？」

響　――「浪人。大学じゃなくて、就職の方、失敗しちゃって、就職浪人。きびしいっす」

絆　――「そっか、よっしゃッ！　じゃあ、お姉さんが、もうちょっとビールおごってあげよう（カバンをゴソゴソして、財布だけを持って立ち上がる）」

響　――「あ、もう、いいですよ」

絆　――「（もう駆け出している）」

残された絆のカバンから、中のものがとび出ている。

さきほどの写真。絆の免許証。

響　――「（なにげなく見て、計算する。ずいぶんたってから、びっくり）えッ！　二七歳？（絆を見る）」

軽やかに走ってゆく絆の後ろ姿。

54

ハピネス三茶・食堂

膠着《こうちゃく》状態の梅子と基子。

梅子のケータイが鳴る。

梅子　「（出て）もしもし――あ――違うわよ。タンスの上に箱あるでしょう？　ない？　あるはずよ。青に、こう、白い線の入った箱。え――今、手ぇ放せないの――止めてよ、そこ触るのはッ！　絶対ないって、その中には。判った。

基子　帰りますから。絶対そこだけは、イヤよ、開けないでよ。グシャグシャにしないでよ、判った？　だから、すぐ帰りますって（切る）」
梅子「（見る）」
基子「お父さんから。専務に貰ったポロシャツどこだって——とにかく、今日は帰るけど、お母さんは、家を出てゆくの、絶対、反対ですからね（立つ）」
　天井の穴を睨みつけて出てゆく梅子。
　キッチンから飛び出してくるゆか。
ゆか「基子さん、お母さん、帰っちゃいますよ、いいんですか」
基子「いいんです」
　ゆか、とりあえず、玄関へ。

＃55　同・玄関
　靴を履いている梅子。
　ゆか、出てくる。
ゆか「あの、私、大家の芝本ゆかです。あの、基子さんの事ですけど——」
梅子「（深々と礼をする）基子の事、よろしくお願いします」
ゆか「（予想外の行動にドキッとする）あ、いやぁ（も、礼をする）」
　梅子、そそくさとバッグから何やら取り出し、ゆかに握らせる。

梅　子「何も出来ない子ですが、基子の事、くれぐれも、よろしくお願い致します
　　　（頭を下げつつ出てゆく）」
ゆ　か「あ、あの──」
　　　ゆか、掌を開くと一万円札が一枚。
ゆ　か「（驚愕）なんじゃ、こりゃ（梅子を追う）ちょっ、ちょっとぉ」

♯56　同・門
　　　ゆか、梅子を追って出てくる。
　　　夕暮れの中、何度も、何度も頭を下げながら、小走りで帰ってゆく梅子の後
　　　ろ姿。

♯57　同・食堂
　　　最高に煮詰まっている基子。
　　　その前に、一万円札を置くゆか。
ゆ　か「基子をお願いしますって、何回も頭下げて、これ置いてゆきました」
基　子「（煮詰まる）」
ゆ　か「私、子供の頃から母親ってものに縁がないから、よく判らないんですけど
　　　──これって、いいお母さんって事じゃないいんですか？」

基子「――」
ゆか「私、こういう、気持ちのこもったもの、苦手です」
ゆか、テーブルに一万円札を置いて、キッチンへ。
基子「(お札を見る)」
くしゃくしゃの一万円札。

＃58　街
夕暮れ。
一人歩いている絆。
追いかけてくる響一。
絆「どこに消えたかと思った」
響一「(小さなケーキの箱を差し出す)」
絆「何?」
響一「今日、絆さんの誕生日だから」
絆「(思わず受け取る)何で知ってるのよ」
響一「あ、偶然ですから。免許証が落ちたの、見る気なかったんだけど、見えたというか」
絆「――バカだよねぇ。家に帰ったら、あんたが買った大きなケーキが、あるじゃない」

響　―「それは、人のだから。誕生日に人のケーキ食べるのイヤかなって思って」

絆　―「別にいいのに。年取ると、そういうこと、こだわらなくなるんだから」

響　―「お金なくて、小さいのしか買えなくて、すみません」

絆　「あんた、もしかして、ケーキで気持ち、あらわす人なの？」

響　―「あッ（初めて気付く）そっか、オレって、そういう人間だったのか」

絆　「バカだよねぇ（嬉しそうに笑う）」

＃59　ハピネス三茶・夏子の部屋

窓から夕映えを見ている夏子。

踏切のカンカンという、うら淋しい音が遠くから聞こえる。

夏子「――昔の恋も、二度とまた帰ってこない　ミラボー橋※の下をセーヌ河が流れる　日も暮れよ　鐘も鳴れ　月日は流れ私は残る――なーんちゃって」

＃60　同・基子の部屋とは別の空き室

うたた寝していた間々田。

目覚める。

※ギヨーム・アポリネールの詩『ミラボー橋』堀口大學訳より

うーんとノビをして、何気なく足元を見る。

間々田「あ〜ッ！」

今度は、爪のペディキュアが、きれいに無くなっている。

＃61　同・ゆかの部屋

間々田とレポートを書くゆか。

ゆか「ああ、私、とっておきました。足のペディキュア」

間々田「何で、そんな事するのよ」

ゆか「いけませんでしたか？」

間々田「ダメに決まってるだろ」

ゆか「どうして？」

間々田「これは、夫婦の儀式みたいなもんでさ」

ゆか「ギシキ！」

間々田「オレが、とりあえず謝るわけよ。ごめんねって。その後奥さんがゴチャゴチャ言うんだよ。オレはウンウンって頷いて、ゴメンゴメンって言って、で、じゃあ今回は許してあげるって事になってだな、そこで初めて、奥さんに取ってもらうわけだよ。判るか、この儀式の意味が」

ゆか「毎回、そんな面倒な事してるんですか」

間々田「それが正式なやり方なの。なのになのに、勝手に取ってしまって、どうすりゃいいんだよ。まず、聞かれるね、どこで取ったんだって。あのね、こういうのは男の知識だけでは無理なの、女が関与してるって、敵は思うんだって」
ゆか「ここで取ってもらったって、言えばいいじゃないですか」
間々田「奥さんには、秘密にしてるんだよ、ここに来てる事」
ゆか「何で？」
間々田「だって、ここ、女ばっかりだし、うちの奥さんが誤解するといけないからさ。一切、言ってない」
ゆか「じゃあ、もう来ない方がいいですよ」
間々田「来たいの、オレは。ここ好きなんだもん。息抜き出来る場所って言うの？男の隠れ家なの」
ゆか「（レポートに戻っている）なるほど」
間々田「ね、オレ、どうしたらいい？　靴下を脱いだって事で、半日はやられると思うんだよね。ましてや、赤いの取ってしまったとなると——（想像して）コ、怖ッ！」

＃62　同・玄関

ケーキの箱を持って一人で帰ってくる絆。

＃63　同・庭

宵闇の中、基子が呆然と座っている。食堂から出てくる絆。

絆「基子さん！」
基子「（ハッとして）あ、今、何時？」
絆「もう七時だけど」
基子「え、じゃあ、二時間ぐらい、ぼうッとしてたんだ、私」
絆「間々田さんは？」
基子「うん、さっき、帰ったみたい」
絆「ふーん（隣に座る）」
基子・絆「（同時に）まさかねぇ」
基子「何？」
絆「そっちこそ」
基子「いや、まさか、こんな形で家を出る事になるとは、思いもしなかったなぁって——そっちは？」
絆「うん、私も。まさか、自分から人に声かけて、しかも秘密の場所まで、教えちゃうとはさぁ」

基子「なりゆきってあるよねぇ」
絆「そう、なりゆきだよねぇ」
基子「(同時に) このワタシがねぇ――」
絆「(同時に) このワタシがねぇ――」
夏子、顔を出す。
夏子「そろそろ、夕食じゃない?」
絆「あれ? ゆかちゃんは?」
基子「(呼ぶ) ゆかちゃん! ゆかちゃん!」

#64 同・ゆかの部屋・前
ノックする基子。

#65 同・ゆかの部屋
そぉっとドアを開ける基子。
ぐっすり眠っているゆか。
ふとんをかけてやる。
その手に先ほどの一万円が入った『おこづかい』と書いた袋を握らせる。
再び、そぉっと閉める基子。

＃66
同・キッチン
夏子と絆と基子。
慣れない手つきで、アチコチ開けたりしながら、今晩食べる物を作っている。

ゆか（声）「お父さん、私は、この日、ついつい夕方から、うたた寝をしてしまったので、この後の事は何も知りません」

＃67
バー『泥舟』
飲んでいる間々田。

間々田「（一人ごと）あー帰りたくねぇ。あーヤダ。もーヤダ」

＃68
ハピネス三茶・キッチン
夕食後の食器が、流しにつけてある。

＃69
同・食堂
例のモモちゃんの大きなケーキ。

基子「すごい。でっかい」
夏子「いただきましょうか」

絆「あ、私、いい」
基子「え、何で？」
絆「お腹いっぱいだし」
　いそいそと出てゆく絆。
基子「そんな。これを、教授と二人で食べるんですか？」

＃70　同・絆の部屋
　絆、ケーキの箱を開ける。
絆「！」
　小さなショートケーキが二つ入っている。
絆「あいつ、本物のバカだ。お姉ちゃんの分も買ってくれたんだ。フツー買うか？　バッカだよなぁ（泣けてくる）」
　小さなロウソクが束になってついている。
絆「何だよぉ、おまけに、こんなに、たくさんロウソク入れてくれて」
　小さなケーキに、ロウソクを一本一本立てる絆。
絆「無理だっちゅーの、これ（泣きながら笑ってしまう）」

＃71　同・食堂

ケーキを切り分けている夏子。
それを見ている基子。

基　子「三四歳までに、しておかなければならない事、私、何ひとつやってこなかったような気がします」

夏　子「人間には、年齢なんてないのよ。エディプス期を通過した者とそうでない者がいるだけなのです」

基　子「は？」

夏　子「あなたは、今日、エディプス期を通過するための一歩を踏み出しました。違いますか？」

基　子「それは――親ばなれって事ですか？」

夏　子「（ニッコリ）とりあえず、おめでとう」

基子の皿にケーキを入れてやる夏子。

基　子「（うやうやしく皿を受け取る）」

絆（声）「♪ハピバスディ、トゥ、ミー、ハピバスディ、トゥ、ミー」

#72　同・絆の部屋

電気を消して、二つのケーキに無理やり立てたロウソクに火を灯している絆。
綱吉と一緒に自分と姉の誕生日を祝っている。

絆「♪ハピバスディ、ディア、キズナチャン、アンド、ユイチャン」

ロウソクの明かりで、ゆらゆら見える結と絆の写真。

絆「♪ハピバスディ、トゥ、ミー（拍手して、吹き消す）」

窓から、家々の明かりが見える。

窓辺に寄って、夜の風にあたる絆。

その手に、四本のロウソク。

絆「お姉ちゃん、二三歳のままだから、ロウソク、余っちゃったよ。（そおっとロウソクを匂う）ロウソクの匂いって寂しい——お姉ちゃん、寂しいよ」

暗い外。

食堂の明かりがもれて、庭が見える。

誰かが働いているのか、影が現れては消えたりしている。

ハート形に刺さった矢が揺れる。

#73 バー『泥舟』

間々田、泣き上戸らしい。

娘の子供の頃の写真を前にグダグダ言っている。

間々田「ごめんね、モモちゃん。誕生日なのに、帰ってあげられなくて、ごめんね。パパね、帰れないの。帰りたいんだけどね、帰れないんだよぉ。うぉぉぉ～

（泣く）」
カウンターの中のママ、酒を飲みながら、そんな間々田を見ている。
突然、テーブルの上の南京豆を握り拳で叩き割る。
間々田「！」
ママ「もう帰ってちょうだい」
間々田「（突然しらふに戻って）はいッ！」

♯74　コンビニ
夜間のアルバイトをしている響一。
納品してきた商品を、次々と店内に運び入れている。
ゆか（声）「皆がそんなに色々な思いをしていたとは知らず、私はというと、その時、夢を見ていました」

♯75　ハピネス三茶・ゆかの部屋
『おこづかい』を握って眠っているゆか。
ゆか（声）「みんなで船に乗って出かける夢です。私達のゆくてには、キラキラ光る海が、どこまでも広がっていました」

＃76　同・夏子の部屋
電気を消して、ひとり、ニコリともせず、深夜番組を見ている夏子。
ゆか（声）「私、今だったら、生まれたての子供みたいに、なんだって出来る――」

＃77　同・絆の部屋
明かりを消した部屋から、外を見ている絆。
ゆか（声）「私は、なぜか、夢の中でそう確信しているのです」

＃78　同・キッチン
皿を洗っている基子。
残り物にラップをかけたりしている。
ゆか（声）「お父さん、これは、この夏、とてもラッキーな事が起こるという前兆なんでしょうか」

＃79　同・外観
夜が更けてゆく。

（つづく）

すいか
suika
1

第3話

脚本＝木皿泉

Izumi Kizara

#1　信用金庫・フロア
部長席から、用が済んで立ち去ろうとする基子。
部　長「あ、早川さん。引っ越ししたんだって？」
基　子「え？　あ、はい」
部　長「引っ越し祝いしなくっちゃね。何がいい？」
基　子「え？　何がって言われましても――」
部　長「考えておいてよ、欲しいもの」
基　子「あ、はい」
自席に戻る基子。
基　子「（独り言）欲しい物？　（考える）キャッシュ？　（言ってしまってから、あからさまな自分の欲望を人に聞かれはしなかったかと焦る）」
ふと見ると信金のポスター。
エンジェルが札束に矢を一〇本ぐらい放っている。
キャッチ・コピー『欲張りなゼニ〜・エンジェル』
（音楽――『ジョニー・エンジェル』が忍び寄る）

#2　ハピネス三茶・外観（夜）

＃3

同・食堂

食後。夏子、基子、絆、ゆか、それぞれ、暑いのに、なぜか〈知恵の輪〉にハマッている。

絆　「(カチャカチャやりながら)そりゃ、エアコンよ。絶対、エアコンが欲しい」

ゆか「(カチャカチャやってる)あ、それ、私もそれです」

基子「(もカチャカチャ)ここ、エアコンないんですか？」

夏子「(カチャカチャやっている)ないの。非常識な下宿だから」

ゆか「(カチャカチャ)今年こそ入れようと思ってたんですよ。そしたら、天井に穴、じゃないッすか」

基子「(カチャカチャ)これ、本当に、はずれるんですか」

ゆか「(カチャカチャ)のはずなんですけどぉ」

夏子「(突然、力を込めて)うりゃあ～ッ！(知恵の輪、怪力で外れる。無邪気に)はずれた！」

基子「はずれたって――それ」

絆　「知恵じゃないじゃん」

夏子「(得意)でも、はずれた(皆に見せる)」

ゆか「教授、大人のすることじゃ、ないッすよ。それ」

夏子「うん(ちょっと反省)」

＃　タイトル

＃4　貸倉庫前
黄色いテープが貼られていて、警察が慌ただしく動いている。
それらをバックに、テレビのレポーターが歩きつつ、カメラ目線で語りかける。

レポーター「三億円横領で手配中の馬場容疑者は、そのほとんどをブランド品の購入に当てたとされており、それらを保管していたのが、こちら、三つの貸し倉庫です」

＃5　信用金庫・会議室
テレビを押し合いながら見ている女子行員達。

行員「すごい。あの中、ぜーんぶ、エルメスとかシャネル？」
行員「ヴィトンのマルチカラーも入ってるのかな」
行員「そりゃあ、バーキンだって色とりどりよ」
行員「ウソッ！　ポロサスもあり？」
行員「ポロサスだと、三億で百個買える」

行　員「え、三億って、そんなもん？」
テレビ、制服姿の馬場チャンの顔写真に切り替わる。
行員（声）「出たッ、馬場先輩！」
行員（声）「うちの制服ダサァい」
行員（声）「この制服で、三億はないよなぁ」

＃6　貸倉庫前
警察が中に入ろうとしている。
レポーター「今、警察に動きがありました。中に入る模様です。今、扉が、馬場容疑者が買ったブランド品の、数々、それらが詰まった扉が、まさに、今、まさに
——開こうとしておりますッ！」
扉、ゆっくり開いてゆく。
電車の発車のベルが鳴る。

＃7　プラットホーム
電車に乗り込む乗客。
小学生の女の子が、乗客に押されて転ぶ。その拍子に持っていた紙袋が破れ、ドリルやら、牛乳パックで作った工作の作品やらが散乱する。

乗客達、かまわず、どんどん電車に乗り込んでゆく。
電車が発車し、潮が引いたように無人となる。
途方に暮れて、今にも泣きそうな小学生。
もう一人、取り残された乗客、横領で逃走中の馬場チャンが立っている。
馬場チャン「（しゃがんで）泣くんじゃない」
小学生「（見る）」
馬場チャン「（持っていた自分のヴィトンのバッグ〈イメージとしてはサック・レトロGM／アイラブユー〉の中身をビニール袋にあけて、ドリルやら工作やらを、テキパキ詰め込み、小学生に渡す）ほれ」
小学生「（ビニール袋の中身を気にしている）」
馬場チャン「これ？　いいの。捨てていいものばっかりだから」
小学生「（ヴィトンを受け取る。ポケットから飴を出して、包装をむく）」
馬場チャン「（小学生のスカートを払ったりしてやる）」
小学生「（飴を馬場チャンの口に押し込む）」
馬場チャン「（突然、飴を押し込まれて、笑ったような、泣いたような、驚いたような。まだ人から何か貰えるとは！）」

＃8　ゴミ箱の前

飴をなめながら、ビニール袋の中身を、燃えるゴミ、燃えないゴミ、資源ゴミと分別しつつ、どんどん捨てている馬場チャン。

＃9

ハピネス三茶・基子の部屋
まだ、十分に家具等がそろっていない殺風景な部屋。
その真ん中に、百円玉が半分ほど詰まった十リットルのポリ容器と基子。
その中身を取り出しては、チマチマ数えている。
ノックの音。

基　子「（あわてる）あ、はい」
ゆかが、顔をのぞかせる。

ゆ　か「いいですか？」
基　子「あ、いや（ポリ容器を隠そうとする）」
ゆ　か「何ですか？　それ」
基　子「（見られてしまった！）ちょ、貯金箱よ」
ゆ　か「貯金箱ぉ〜？　うそ！　でっかぁ。本当だ。これ全部、百円玉ですか？」
基　子「（あまり人に見せたくない）何の用？」
ゆ　か「あ——このないだ貰った食費なんですけど（ノートを取り出す）すみません、三百円間違えてて——」

基子「何？　足らなかったの？（財布を持ってくる）」
ゆか「すみませんね」
基子「（財布を見る）あ、ゴメン、小さいのないわ。オツリくれる？（一万円札を出す）」
ゆか「ここにあるじゃないッすか。小さいの」
基子「それはダメ（ゆかを阻止）」
ゆか「でも、そこにザクザク（ポリ容器に近づこうとする）」
基子「（絶対阻止）だから、これは、ダメだって」
ゆか「何で？」
基子「（ポリ容器を抱く）中学生から貯めてきたんだから。これには手をつけられないのッ！」
ゆか「（近づく）いいじゃないっすか。三枚だけ。後で返せば」
基子「ダメったら、ダメなのッ！　私、お金、崩してくるから。それ、触らないでよ。待っててよ。（飛び出してゆく）」
ゆか「崩すって、一万円、崩しちゃうんですか？」
基子のドドドッと階段を下りる音。
ゆか「え？　何で？　あるじゃん。ここに」
百円玉の詰まったポリ容器。

＃10　道

どんどん歩いている絆。
その後ろから、手に小さな紙袋を持った響一がついてくる。

響一「残らない物の方がいいって事？」
絆「(立ち止まって振り返る) そーゆーこと、言ってるんじゃないの」
響一「じゃあ、何？」
絆「(響一の持っている袋から中身を取り出す。ブレスレット) こんなもの貰う理由ないって言ってるの。何なの、これ」

響一「だから——気持ち？」
絆「気持ちが、何でプラチナなのよ。三万ぐらいするんでしょう？　これ」
響一「いや、六万八千円」
絆「ろくまんッ！ (ブレスレットを突き返す) バッカじゃないの (歩き出す)」
響一「(ついてゆく) 何で？　喜ぶと思ったのになぁ。フツー、喜ばない？　女の子って、こんなのもらったら」

絆「だからって、ろくまんッ——」
響一「でも、女の子って、高いもの、好きだし——」
絆「アンタ、今まで、どんなコと付き合ってきたのよ。信じられない」

響　―「何、怒ってるの。オレ、わけわかんない」
絆　「(立ち止まる) 自分の欲しい物買いなさいよ。こんな物に、自分の貴重な時
　　間を削ってバイトしたお金、使うんじゃないって言ってるのッ!」
響　―「欲しい物なんて、ないし」
絆　「欲しい物ないんなら、働くことない。その分、好きな事しなさい」
響　―「好きな事って言われても――特にやりたい事ないし」
絆　「女の子に、ブランド品買ってやるのが、あんたの趣味ってこと?」
響　―「それ、ヘンだよ」
絆　「やってるじゃない、今」
響　―「だから――」
絆　「私に何かしてもらいたいわけ?」
響　―「何かって――」
絆　「親切にしてもらいたいの?　それともエッチ?　何?　なんのための六万八
　　千円なの?」

響　―「だから、さっきから言ってるじゃない。見返りなんて考えてないし、オレ」
絆　「六万八千円よ。あるに決まってるじゃん、理由が。ちゃんと考えなさいよ。
　　自分の頭で。死ぬほど考えて、答え出しなさい。自分が何したいのかさ。
　　(歩いてゆく。独り言) 今どきの若いヤツって信じられない」

響一「（も独り言）何で、そこまで言われるわけ？（ひとり取り残される）」

#11

ハピネス三茶・食堂

基子、ゆか、扇風機にぁたりながら、アイスキャンデーを食べている。

ゆか「（納得いかない）アイスまで買って、お金くずすことなかったのに」

基子「だから、中学ン時から貯めてるお金だから、もったいなくて使えないの」

ゆか「アイス買う方が、もったいなくないっすか？」

基子「貯めるとね、使うのが惜しくなるの」

ゆか「わかんない世界っすね」

基子「最初は小さい貯金箱だったんだけどね、それが一杯になると、もっと大きいのに貯めてみようって思うもんなのよ。それが一杯になったら、もっと大きいのって。で、最終的にポリ容器にたどり着いちゃったんだよね」

ゆか「そのポリが一杯になったら、どうするんですか？」

基子「え？　考えた事ない——もっと大きい入れ物、見つけなきゃねぇ」

ゆか「エンドレスじゃないっすか、それ」

基子「そもそも、中学ン時、友達と二人で、おそろいの貯金箱を買ったのがきっかけだったんだよね」

ゆか「その友達も、今頃、ポリ容器に貯金してるんですかね」

基子「友達の方は、すぐやめた。貯金箱一杯になったら、原宿に行こうねって言ってたのに、絵の道具買うからやめるって言い出しちゃって。約束したのにさ」
ゆか「ああ、そういう約束って、続きませんよね」
基子「え、そうなの？」
ゆか「そーですよ。交換日記とか、絶対、最後はうやむやになるじゃないっすか」
基子「(考えてる)」
ゆか「ってゆうか、うやむやにする？　あんまり、向こうがしつこい場合」
基子「――ワタシ、しつこかったってこと？」
ゆか「だから、子供の頃の話ですよ」
基子「(煮詰まる) うやむやにされたんだ。ワタシ」
ゆか「いや、だから――ア～ッ！ (アイスの棒を見て) 当たったぁ～。見て！　見て！」

基子「今また、うやむやにされそうだし」
ゆか「違いますよぉ。本当に当たったんです。ほら (当たり棒を見せる) ね」
基子「(自分も当たってるかもと、ガリガリ、アイスをかじって確認する)」
ゆか「当たった？」
基子「(首を横に振る) ハズレた (更に煮詰まる)」

＃12　病院・外観

＃13　同・屋上

洗濯物がはためいている。
点滴と尿パックをつけた木山《きやま》タマ子《こ》（五八歳）。
その見舞いに来ている夏子。
二人して、カチャカチャ、知恵の輪をはずしている。

タマ子「はずれたッ！　ほら」
夏子「そっちの方は、簡単なのよ（カチャカチャやってる）」
タマ子「じゃあ、そっち貸してごらんなさいよ」
夏子「ダメよ。今、出来そうなの（カチャカチャ）」
タマ子「（見ている）あ、ダメだ。それじゃあ出来ない」
夏子「うるさいッ。気が散る」
タマ子「そうじゃないって。貸して（夏子の知恵の輪をひったくる）」
夏子「何、その性格。全然変わってないじゃない」
タマ子「（アッという間に、はずす）ほら」
夏子「そんなの出来ても、頭がいい証拠にはなんないわよ」

タマ子「その口の悪さ。全然変わってないわね」
夏子「そーよ。ババァになっただけよ」
タマ子「ここから、ハピネス三茶、見えるのよ」
夏子「(見る) え、ほんとだ」
タマ子「不思議よね。ナッちゃん、まだ、あそこに住んでるんだもんね」
夏子「部屋も同じよ」
タマ子「私が住んでた部屋は？　どうなってる？」
夏子「今は漫画描いてる女の子が住んでる」
タマ子「あの時、大学の方を選んでたら、私、まだそこに居たのかしら？　あの部屋に」
夏子「もし、そうだったら、私は大学に残る事もなく、大学教授なんていうバカな仕事にもつかずにすんで、普通に結婚してたのに」
タマ子「ごめんね。押しつけちゃって」
夏子「そーよ。そっちの方が優秀だったのに。お豆腐屋さんになんか嫁いでしまうんだもん」
タマ子「でも、あの人と豆腐屋やって良かったわよ。大学で研究するのと同じぐらい楽しかった」
夏子「今なら、わかる」

タマ子「お互い、ずいぶん遠くまで来ちゃったわよね」

＃14　ハピネス三茶・二階ベランダ
洗濯物を取り入れている、絆と基子。

夏子(声)「あの頃は、二人とも、ずっと一緒に居るもんだって、無邪気に思い込んでたわよね」

＃15　病院・屋上
青空に白い雲。

タマ子「生きてみないとわからないこと、ばっかりだったわ」
夏子「そうよ。これからだって、何が起こるか」
タマ子「もし、生きて帰れたら、ウサギ飼いたいわ」
夏子「ウサギ？」
タマ子「(空をあおぐ) あんな雲みたいな、ふわふわのウサちゃん」
夏子「いい年して、何がウサちゃんよ」
タマ子「あんただって、いい年して厚化粧じゃない」
夏子「化粧なんかしてないもん。これが素顔だもん」
タマ子「ウソつけ！」

＃16　同・廊下
帰ろうとしている夏子。
追いかけてくるタマ子の息子・也寸志《やすし》（三四歳）。
也寸志「あの、これ、うちの豆腐です。母が持って帰ってもらえって」
夏　子「（受け取る）ありがとう」
也寸志「今日は、ありがとうございました。本人も、もうダメだって知ってるみたいで、最後にどうしても崎谷さんに会いたいって、お袋（ずっと言ってました）。本当に、わざわざありがとうございました（深々と頭を下げる）」
夏　子「（も頭を下げる）」

＃17　道
歩いている夏子、立ち止まって振り返る。
病院の窓、窓、窓。
豆腐の袋を持ち直して、また歩き出す。

＃18　公園
買い物途中のゆか。

アイスキャンデーを食べている。

ゆ　か「(棒を見て) うわッ！　また当たったッ！」

＃19　ハピネス三茶・食堂

洗濯物を畳む器具を使って基子に畳んでみせる間々田。雑誌を見ている絆。

間々田「(次々と畳んでみせている) ホイ。ホイ。ホイッと。次、ホイ、ホイ、ホイ。ね、便利でしょう?」

基　子「これが、間々田さんがすごく欲しかった物ですか?」

間々田「テレビで見た時、これだッて思ったね。もう、全て解決って感じ?　やってみて、やってみて」

基　子「(やってみる)」

間々田「ホイ、ホイ、ホイッ！　ね、いいでしょ。目の前が、パァーッて明るくならない?　ねぇ」

基　子「いや、別に」

間々田「いいと思うよ。引っ越し祝い、これ貰いなさいって」

基　子「部長に、どう説明するんですか、これを」

絆「種田《たねだ》京子《きょうこ》って、最近よく出てるよね」

間々田「ああ、イラストレーターの?　うちも、お願いした事あるよ。ほのぼの系の

絆　イラスト描くお嬢さんね」

「(読む) 私が絵を描き始めたキッカケは、友達と二人でおそろいの貯金箱を買ったことなんですよねぇ。二人でお金を貯めて原宿へ行こうって言い合ったりして (自分の意見) こういうヤツいたいた」

基子「(凍る)」

絆「(読む) でも、私はどーしても、エアブラシが欲しくなって、貯金箱割っちゃった。その友達? まだ、貯金続けてますよ。何しろ信用金庫に勤めてますから。カッコ笑い」

基子「(凍ったまま)」

間々田「信用金庫って、基子さんと同じじゃん」

絆「(読む) 永遠に踏み出せないって感じの人、いるでしょう? 友達は、そういうタイプだったから。まぁ、私は踏み出せたわけだけど、それは、貯金箱割った、あの瞬間だったんだと思う――」

基子「(うなだれたまま、部屋を出てゆく)」

間々田「どうしたの? 何? 何が起こったの? この洗濯物畳みの器具、面白くなかったってこと? ねぇ」

絆「間々田さん、何したのよ」

間々田「えぇっ? 知らないよ。おっかしいな。これで (洗濯物畳み器具) 目の前が、

絆　「今の、真っ暗って感じだったよ」
パァーッて明るくなるはずなのに」

#20　同・基子の部屋
百円玉のポリ容器と並んで丸く座っている基子。

ゆか(声)「それ、基子さんの事ですよ」

#21　同・キッチン
アイスキャンデーを食べつつ、買ってきた物を冷蔵庫に入れているゆか。
間々田、枝豆の端をチマチマ、ハサミで切っている。
トマトを丸かじりしている絆。

絆「永遠に踏み出せないって感じの人って、これ、基子さんの事だったの？」

ゆか「間違いないですよ。本人が同じ話してましたから」

間々田「貯金やめた方は、それをキッカケにして、今や新進気鋭のイラストレーター。
かたや、チマチマ貯金を続けた自分は平凡な人生ってことだろ？　そりゃ、ヘコむわな―」
玄関の方でガタガタと音がする。

絆「何？」

三人、玄関の方へ。

＃22　同・玄関

ポリ容器をカートに縛りつけている基子。
出てくる絆、ゆか、間々田。

間々田「うわッ、百円玉ぎっしり」
ゆか「基子さんの貯金箱ッす」
間々田「えぇ？　よくもまぁ、これだけのものを――」
絆「それ、どこ持って行くのよ」
基子「原宿」
絆「ハラジュク～？」
基子「原宿行って、コレ、全部使い切ってきます。（準備万端）じゃあ（出てゆく）」
間々田「ちょっと、それ、一気に全部使う気なの？　アレだ。そう、ホラ紀伊國屋文左衛門だ。吉原で、小判をパァッて使うみたいに、散財するつもりなんだ」
絆「原宿で何買う気だ？」
間々田「だから、クレープをパァッと――」
ゆか「（驚愕）うわぁぁぁ～ッ！」

絆　「何？」
間々田「どーした？」
ゆか「（アイスの棒を怖い物のように指さして皆に見せる）また当たってしまったよぉ～」

#23 ハピネス三茶・門
苦労しながら、ポリ容器をくりつけたカートを、階段の上から降ろしている基子。

#24 商店街
基子、カートを引きつつ、ウィンドウをのぞいたりしているが、貯金を使ってまで欲しい物はない。

#25 宝飾店・外
カートと基子。
ショウケースをのぞいて、目ぼしい物はないか、見ている。
ふと見ると、店内で響一がペコペコしている。
基子「ん？」

＃26　同・中

響一、ブレスレットを返品出来ないか交渉している。

店員「返品は、ちょっと。サイズの交換という事でしたら、承れるのですが」

響一「ですよね。いいんです。もしかしてって、思っただけですから」

カートを引っぱって入ってくる基子。

基子「あ、やっぱり、元カレだ」

店員「（基子と響一を交互に見ている）」

響一「（低く）やめて下さいよぉ。こんなシチュエーションで元カレは」

＃27　カフェ

基子と響一の前にブレスレット。

基子「（本当にプラチナかどうか確認している）何で、こんなもんあげようと思ったわけ？」

響一「いや、喜ぶかなって思って」

基子「こういうのは、もっと親しくなってから、あげるものじゃないでしょうか（ブレスレットを返す）」

響一「そうか——そうですよね。これ、（ブレスレットを差し出す）貰ってくれませんか?」

基子「え? 私? 何で、私なのよ」

響一「だって、ボク、持っててもしょうがないでしょう?」

基子「だから、話、聞いてなかったの? 言ってるでしょ。親しくもないのに貰えないって」

響一「何で、みんな、貰ってくれないんですかねぇ」

基子「(ポリ容器) じゃあ、これ、貰ってくれる?」

響一「(ポリ容器を見て) 何入ってんですか、これ」

基子「百円玉よ」

響一「これ、全部? 貰えませんよ、そんなもん」

基子「だから、同じ事よ。(ブレスレット) これ貰えないわよ」

響一「そうか。そうですよね。オレも五百円ぐらいなら貰えそうだけど、ポリ容器一杯は、ちょっとだもんな」

基子「アンタがあげたのは数字よ。六万八千円分っていう数字。それが絆チャンには、負担だったんじゃないの」

響一「数字ですか」

基子「そうよ、この値段のものをあげておけば大丈夫って思ったんでしょう?」

響一「あ、そーかも」

基子「ま、みんな、そうなんだけどね。中身なんか、どうでもいいんだよね。数字だけ。今日は、タクシー乗らなかったから六六〇円得したとか、エレベーター止まって五分損したとか、昔、偏差値が七五だったとか。みんな、そんな事ばっかり言ってるじゃん。体重が三キロ減って嬉しいとか。新作のバッグを一九万で買っちゃったぁ、それ買うのに二時間並んじゃったぁ。それが何だっつーのよ。得したとか損したとか、とにかく、数字。この世の中はね、何やったって数字でしか評価してもらえないの。それなのに、何であんたまでさ、数字なんかで好意を示そうとするわけ？　六万八千円分なんてさ、中途半端な数字でさ」

響一「――」

基子「馬場チャンだって、三億円使った女って呼ばれてるけど、馬場チャンの人生は、それだけじゃないわよ。ふざけるなっつーの。そんな数字だけで人を呼ぶなって、私は言いたい。何よ。数字が何だって言うのよ。お金をいくら持ってるとか、貯金がいくらたまったとか、えばるんじゃゃ――（絶句）」

響一「どうかしました？」

基子「（ポリ容器を見ている）」

響一「あ、お腹が、痛い？」

基子「今、気がついたのよ。数字に、ずっとこだわってきたのは私だって。もっと、もっと百円玉貯めたいって、——欲しい物があるわけでもないのに、数だけ、もっと欲しいって思ってきたの、私だわ（煮詰まる）」
響一「あ、そういうことか」
基子「私、中身じゃなかったんだ。欲しいの、数字だけだったんだ——」
響一「ボクもそうです——女の子には、もっと高い物あげないとバカにされるとか、その為には、もっと時給のいいバイト見つけないとヤバイとか、正直、そんなことしか考えてなかったよーな気がする」
基子「（うなだれる）」
響一「（も、うなだれる）」

#28　パン屋
真剣な顔でアイスを選んでいるゆか。
ゆか「これか——いや、こっちだ。これっきゃない」
意を決して一本選ぶ。

#29　神社
ゆか、拝んでいる。
ゆか「神様、お願いです。もう、アイスは飽きました。もう一本も食べたくありません。どーか。どーか、ひとつ。今回はハズレでありますように（一礼）」
期待しつつ、アイスを開けてかじる。
ゆか「(見るなり悲嘆) ひぇ〜。また当たったなり〜」

＃30
広場のような場所
夕暮れ。
ストリート・ミュージシャンが歌っている。
ぼんやり見ている、基子と響一と百円玉のカート。
基子「一日が終わってしまう――私、何買うか、まだ決めてないのに」
響一「でも、何かあるんでしょう？ こういうもの買いたいっていう、大体の希望」
基子「自分のカラを打ち破るような、衝撃的な物よ」
響一「なんですか、それ」
基子「わかりません。だいたい、何やりたいとか、何買いたいとか、考えて出てくるもんじゃないっつーの」
響一「ですよね」
基子「アッ――部長にも言われてたんだ。何が欲しいか考えておけって――」
響一「(ミュージシャンを見て、ボソッと) いいな、アイツら。やりたいことがあって」

＃31

道端

夕暮れ。

ウサギを売るオジイサンの露天商。

夏子、ふと立ち止まる。

サラリーマン（ちょっと前髪が庇《ひさし》のようになっている三〇代。少し酔っている）も見ている。

サラリーマン「ねッ、これ、死なない？　死なないなら、買うけどさ」

露天商「そりゃ、生き物だからさ」

サラリーマン「でも、買って、すぐ死ぬと損じゃない。保証とかないの？」

露天商「保証って言われてもね」

サラリーマン「ホームセンターとかだったら保証あるじゃない。六ヵ月たたないうちに死んじゃった場合、弁償してくれるってやつ。知らない？」

露天商「勘弁して下さいよ。こっちはチマチマやってる小商いなんだから」

サラリーマン「あ、死ぬんだ。買ったら、すぐ死んじゃうようなヤツばっかり集めてるンだ。インチキなんだ」

露天商「お客さん、インネンつけるの、やめて下さいよ」

サラリーマン「(大声) 何言ってるの。インネンなんかじゃないだろ。当然の権利だろうが。買ってやるんだから、保証してくれって、それのどこが、インネンなんだよぉッ!」

夏　子「(ピシャリと) インネンですッ!」

サラリーマン「(夏子を見る) 何だよ、アンタ」

夏　子「(見る) うさぎだろうが、人間だろうが死ぬ時は死ぬのです。それを、お金に替えたからと言って悲しみが減るというものでは、ないでしょう」

サラリーマン「な、何、言ってんだよ」

サラリーマン、夏子の肩を小突こうとするが、夏子、スッと避けたものだから、大きく転ぶ。

サラリーマン「な、何するんだよぉッ!」

サラリーマン、夏子に手を上げる。

夏　子「(ものすごく強い。サラリーマンの手をハッシと摑み、捻る) 死んだ時は、(摑んだ手をドンと突き放す) 諦めるしかないのです」

サラリーマン、逆上して夏子になぐりかかる。

夏　子「(不覚にもなぐられるが、不敵に笑う) 諦めきれなくても! (倍にしてなぐり返す) 諦めるしか! (投げ飛ばす) ないでしょう!」

#32
ハピネス三茶・キッチン
思い詰めた顔で、ジッと当たり棒を見ているゆか。
器用に餃子を包んでいる間々田。

ゆか「く、苦しいッ」
間々田「だったら捨てれば、いいじゃないよ」
ゆか「だって、当たってるんですよ。もったいなくて捨てられません」
間々田「じゃあ、明日にしたら？」
ゆか「当たりの引き換えは、今日までなんです」
間々田「ああ、そう。そうなんだ——オレ行って来てやろうか？　オレ、絶対、スカ引く自信あるよ。この四五年間、どれほどスカを引き続けてきた事か」
ゆか「(悲愴な顔で立ち上がる)いいです。自分でケリつけてきますッ！」
間々田「ね、聞いてから行けば？　オレのスカの人生の全てをさ。まずは、幼稚園の時から——」
ゆか「(聞かずに出てゆく)」
間々田「オレってさ、幼稚園の時から、人に話を聞いて貰えない子供でさ——何だよぉ。今も同じじゃないか。クソッ！(しかし、冷静沈着に餃子を包む)」

#33
道

カートを引く基子と響一。

響一「(立ち止まる) あ〜ッ!」

基子「何?」

響一「そうか。そういうことか」

基子「そういうことって——」

響一「自分が何をしたいか——今、わかりました」

基子「うそッ?」

響一「(いそいそ) オレ、行かなきゃ (反対方向へ)」

基子「え。うそ。うそ。本当に? わかったって、何なのよ? やりたい事が、判ったたってこと?」

響一「基子さんも、頑張って下さいッ! (ガッツポーズをしながら去ってゆく)」

基子「ちょ、ちょっとぉ。(呆然) 何? また、ひとり残ってしまったってこと?」

ポリ容器と基子、取り残される。

#34 街中

くたびれて座り込んでいる基子。

ケータイが鳴る。

母からの電話。

基　子「(ゲッとなるが出て）はい」
梅子(声)「(大声）アンタ、ちゃんとやってるんでしょうね」
　基子、思わずケータイを遠ざける。

＃35
　早川家・基子の部屋
　梅子、ケータイをかけながら、基子の貯金箱を拭いている。
　貯金箱が並んでいる。段々大きい物になっていっている。
梅　子「(電話）電話ぐらいしなさいよ。生きてんだか、死んでんだか――ちょっと、
ないのよ。アンタの一番大きな貯金箱――え？　持って出たの？　いつ？
――あら、イヤだ。油断も隙もないわねぇ」

＃36
　街中
　電話している基子。
基　子「油断って――何言ってるのよ、私のでしょう」

＃37
　早川家・基子の部屋
　電話している梅子。
梅　子「せっかく貯めたんだから、使っちゃダメよ。お金が要るんだったら、あげる

から。いい？　わかった？　それから、アンタに手紙がきてんだけど、持って行ってあげようか？　そっちに？」

＃38

街中

電話している基子。

基　子「いりませんッ。転送して下さいッ。それから、貯金は誰が何と言おうと、今日中に、絶対使い切るから。じゃあ！（憤然と電話を切る）何が使っちゃダメよ。私の物だっつーのッ！」

それにしても暑い。

基　子「暑っ」

＃39

広場のような場所

ストリート・ミュージシャンに、ポリ容器からカンパをザクザク入れてやる基子。

呆然と見ている過激なパンクミュージシャン。

ミュージシャン「（ペコペコ）いや、もう、そのへんで――」

基　子「（不満）そぉ？　いっぱいあるのに」

＃40

街中
カートを引く基子。
行き交う人の中、悲愴な顔の基子が歩いてゆく。

＃41

ハピネス三茶・キッチン
餃子を包んでいる間々田。
入ってきて、冷蔵庫を開ける絆。

絆「あれ、間々田さん、一人？」
間々田「そーなんだよ。オレさ、今日、みんなで餃子包みながら色々話しようと思って、楽しみにして来たのにさ――」
絆「そうなんだ（水を飲んでる）」
間々田「（何やらメモを取り出す）ほら、こうして、何を話すかメモまで作って来たんだぜ。話題が途切れた時、困ると思ってさ」
絆「（メモを見る）ツカミは、洗濯物を畳む器具の紹介――アレって、ツカミだったんだ」
間々田「（メモを奪い返す）それは、いいのッ。話題だよ、話題。次よ、次（読む）子供の頃のおもしろ話――実はさ、オレって、こんなふうに見えるけど、子供の頃ってさ」

絆　「(出てゆく)」
間々田「人に話を聞いて貰えない子供だったんだよね——ほら、やっぱりだッ。クソッ！　誰も、聞いてくれないじゃないかッ。あーあぁ。思えば、オレの人生の中で、オウオウってオレの話、真剣に聞いてくれたの多聞君《たもん》だけだったなぁ。どーしてるかな、大きな頭の多聞君（餃子を包む)」

#42　同・絆の部屋
漫画を描いている絆。

ケータイが鳴る。

絆　「(出る）はい。どーも。は？——ファンレターですか？　私にですか？　へぇ。私の漫画、読んでくれてる人いたんだ——いやいや、だって、自分の描いたモノに、返事してくれる人がいるって思ってなかったですから——そりゃ、嬉しいですよ。何言ってるんですか。はい。ありがとうございまーす(切る)」

漫画の続きを描く絆。

絆　「(描きつつ）ファンレターねぇ」

#43　同・ベランダ

絆「綱吉ぃ〜？　どこ行っちゃったんだろ」
絆、ゆかが出しっぱなしにしている、干した野菜のザルを、取り入れる。匂いを嗅いだりしている。

#44　同・キッチン
野菜を持って、入ってくる絆。
絆「間々田さん？」
いない。
きれいに片づけられている。
間々田のメモ。
『誰も話を聞いてくれそうもないので、帰ります』
絆「（間々田のメモを見て）帰っちゃったんだ」

#45　同・ゆかの部屋
ノックして顔を出す絆。
絆「ゆかちゃん？」
誰もいない。

＃46　同・食堂

穴に向かって呼びかける絆。

絆「教授？　いないんですか？」

＃47　同・誰もいない夏子の部屋

穴から絆の声だけが聞こえる。

絆（声）「教授？」

＃48　同・誰もいない基子の部屋

＃49　同・誰もいない玄関

＃50　同・食堂

つまらなそうに座っている絆。

絆「（庭に呼びかける）おーい。誰もいないのかぁ」

突然、食堂のＦＡＸがガタガタ動き出す。

絆「（びっくりして見ている）」

ＦＡＸから紙が一枚はき出される。

絆「（取りにゆく）あ、ファンレター送ってくれたんだ（読む）ボクは、コンビニで働いています」

#51　コンビニ

働いている響一。

響一（声）「ボクは、コンビニで働いています。だから、先生の描いてる漫画雑誌は、どの棚にあって、定価はいくらか、月に何冊出るのか、そんなことは、とても良く知っています。でも、内容は、正直、読んだ事はありませんでした。読まなくても判ると思っていたのです。まぁ、大体、表紙を見れば、内容なんて、似たり寄ったりだと思っていたのです。そんなふうに、ボクは世の中の事を、すべてわかってるつもりでいたのです」

#52　ハピネス三茶・食堂

絆、ＦＡＸを読んでいる。

響一（声）「でも、先生の漫画は、そんなボクを、根底から打ち砕くものでした。ボクは、実は何もわかってなかったのです。今、ボクのやりたい事は、世の中の事を、ちゃんと知るということです。名前だけじゃなくて、値段だけじゃなくて、その中身を、ちゃんと知るという事」

＃53　緑の小道
ゆか、晴れやかな顔で、腰に手をあて、天に向かってアイスの棒をかざしている。

どうやらハズレが出たらしい。

ゆか「神様、ありがとうッ！」

響一（声）「ひょっとしたら、そこには、思いもしない喜びがあるかもしれないという事。先生の漫画を読んで、その事を知りました」

＃54　ハピネス三茶・食堂
ＦＡＸを読んでいる絆。
響一（声）「先生の次の仕事、楽しみにしています」
ちょっと嬉しい、絆。
そっとＦＡＸの用紙の匂いを嗅ぐ。

＃55　バー『泥舟』
飲んでいる間々田。
右隣の客に話しかけているが、客は知恵の輪にハマッていて聞いていない。

間々田「でね、とにかく、頭が大きいヤツで、多聞君って言うんですよ。多く聞くと書いて、多聞君。今思えば、だから、ボクの話を、よく聞いてくれたのかなって。エヘ、ね。——（客が自分の話を聞いてくれていない事に気付く）」

気を取り直して、左隣の客に話しかける。

間々田「私の名前、伝って言うんですよ。伝えるっていう、あの伝なんですけどね」

左隣の客も知恵の輪に夢中。

間々田、面白くなく、おしぼりを餃子のように包む。

間々田「（両隣の客に、おしぼりを指して）ほらッ、餃子ッ！」

客、知恵の輪に懸命で見もしない。

間々田「みんな、もっと楽しく集《つど》おうよ」

＃56　ハピネス三茶・門

足取り軽く入ってくるゆか。

猫の綱吉が居る。

ゆか「（綱吉に）ほれほれ（ハズレ棒を見せる）やっと、ハズレが出たんだよ。ほれ」

綱吉「（無表情に棒を見ている）」

ゆか「すげぇ、無表情」

#57

同・玄関

入ってくるゆか。

ゆか「ただいまぁ〜」

座りこんでいる基子。

ゆか「あ、基子さん、帰ってたんだ。ポリ容器、どうなったんですか?」

基子「(なぜかヘトヘト。ポリ容器を指さす。空っぽ)」

ゆか「うわッ、空っぽだ。全部、使ったんですか?」

基子「(うん、そう)」

ゆか「何に?」

基子「(指さして、何か言おうとするが、ヘトヘトでしゃべれない)」

ゆか「大丈夫ッすか?」

基子「(大丈夫、大丈夫)アタマ――」

ゆか「頭?」

基子「(うんうん)ツカイスギ」

ゆか「ああ、頭、使いすぎたんだ」

基子「(そうそう)」

ゆか「もしかして、許容量、超えちゃった?」

基子「(そうそう)」

帰ってくる夏子。

これまた、ケンカしてボロボロの様子である。

夏子「ただいま」

ゆか「教授ッ！　どーしたんっすか？　ボロボロじゃないっすか」

夏子「え、そう？」

夏子、上がる。

ゆか「そうって――何か、ケンカして帰ってきた猫みたいっすよ」

夏子「(ゆかに袋を渡す)これ、お豆腐。皆で食べて」

ゆか「すみません(中を見る)うわッ、トーフもボロボロ。本当に、何してきたんです？」

夏子「(自分の部屋へ行きながら)私、人間が出来てないから――」

夏子の後に、大きな毛の玉が落ちている。

ゆか「(毛玉を見て)なんじゃ、こりゃあ(靴べらで毛玉をつつく。基子に)何だと思います」

基子「(見る。わからない。ウ～ッ、ア、頭が苦しいッ！)」

ゆか「わかった。わかった。もう、考えなくていいから」

#58　同・キッチン

絆、フライパンをひっくり返して餃子を皿に移す。
見事にきつね色に焼き上がっている餃子。

絆「おーしッ！」

#59　同・食堂

ビールに餃子。それにポロポロの冷や奴、胡瓜の漬物に枝豆を塩茹でしたもの。干し野菜をオリーブオイルで炒めたもの。
夏子、基子、ゆか、絆、すごい勢いで食べている。

基子「(ビールを飲み干して) よみがえりました」
ゆか「やっぱ、餃子焼くのは絆さんですね」
絆「包んだのは、間々田さんだけどね」
夏子「伝ちゃん、来てたの？」
絆「みんなに相手にしてもらえなくて、すねて帰りました」
ゆか「この豆腐も、うまいッすね」
夏子「そう？　私の友達の家の、お豆腐なの」
絆「うん、本当に、おいしい」
基子「いいですよね。こんなふうに、みんなに喜ばれる仕事」

ゆか「お豆腐屋さんの事言ってるんですか？」
基子「私の仕事なんて誰も喜んでないよーな気がする」
絆「なんだ、一番欲しいものって、それかぁ」
基子「それって？」
絆「だから人に喜んでもらいたいって」
基子「あ、そうかも――そうだったのかぁ、私（餃子を食べる）」
ゆか「教授の歩いた後に、なんか毛玉みたいなのが落ちてたんですけど、何ですか？　アレ」
夏子「毛玉？（考えて）ああ、ケンカした相手の前髪かしら」
基子「（餃子をくわえたまま、ギョッとして）マエガミ？」
絆「教授、ケンカしたんですか？」
夏子「うん（体を動かしつつ、思い出している）こう来た時に、こうつかんで、ぐっと引っぱって――あ、私、あの人の前髪、引きちぎっちゃったかも」
三人「（こっ怖〜ッ！）」

#60　バー『泥舟』

間々田、必死に知恵の輪をカチャカチャやっている。
他の客達も知恵の輪にハマッて、全員カチャカチャしている。

　それをじっと見ているママ。
ママ「(ついに切れる) あんた達、もう帰ってちょーだいッ!」
　客達の動き、見事にピタッと止まる。

#61
　ハピネス三茶・夏子の部屋
　夏子、プリクラを天眼鏡で見ている。
　ボロボロの夏子と、それ以上にボロボロの例のサラリーマンが二人で笑顔で写っている。
夏子「(独り言) あー、やっぱり、前髪、なくなってるわ」

#62
　同・庭 (夜)
　空のポリ容器が揺れる草陰にポツンと置かれている。

#63
　信用金庫・エレベーター前 (日替わり)
　書類を持って待っている基子。
　部長、やってくる。
基子「(会釈)」
　二人、エレベーターの数字を見つめたまま会話する。

部長「あ、そうだ。考えてくれた？　欲しいもの」
基子「あの、何でもいいって言ったの、本当ですか？」
部長「（ちょっと怯える）え、うん、言ったけど――常識の範囲内だよね？」
基子「いやぁ、どうだろう――かなり非常識かも」
部長「（基子の顔を見る。怯えている）何が欲しいの？」
基子「（も、部長の顔を見て、思い切って言う）誉めてもらえますか？」
部長「は？」
基子「（メモを出してくる）急に言われても困るだろうと思って、セリフ、書いてきました（部長に渡す）」

部長「（メモを受け取る）これ、言えばいいの？」
基子「はい、言って下さい」
部長「（辺りを見回して）今？」
基子「はい、今」
部長「ちょ、ちょっと、待ってくれる。練習するから（観葉植物の陰でメモを見つつ、何やらブツブツ言っている）」

基子「（緊張して待っている）」
部長「（芝居がかってやってくる）えー、早川君。いつも、真面目に仕事やってもらって――えーっと（つまる）」

基子　「（教えてやる）助かってるよ」
部長　「ああ、そう。それ。助かってるよ。本当に、ありがとう。これからも頑張って仕事してくれたまえ――（素に戻って）まいったなぁ、オレさ、カミさんにも、ありがとうなんて言った事ないんだぜ」

基子　「すみません。無理言って」
部長　「いや、本当にさ、感謝してるんだぜ。早川ちゃんにはさ」
基子　「は？」
部長　「後輩の面倒とか、本当はこっちがやらなきゃなんない事、色々、細かい事、いっぱい押しつけちゃってさ、なのに文句言わず、黙々やってくれるのいいことに、こっちは当たり前みたいに思ってさ、感謝してる。ありがとう」

基子　「あ――（嬉しい）」
部長　「馬場チャンにもさ、ちゃんと、今みたいに言ってあげれば良かったよな」
基子　「（見る）」
部長　「そしたら、三億も使う事なかったのかもな――今頃、遅いか？　遅いよな」

＃64　街中

自転車で営業まわりをしている基子。

♯65　街の風景（俯瞰）
基子（声）「もしもし。基子です。早川基子」

♯66　ハピネス三茶・食堂
電気屋が来て、エアコンを取り付けている。
オロオロしているゆか。
ケータイに出る絆。
絆「基子さん？　何？　初めてじゃん、電話してきたの。どうしたの？」

♯67　街中
自転車を止めてケータイで話している基子。
基子「何だか知らないけど、誰かに言いたくて——聞いてもらえる？　いい？　迷惑じゃない？　ごめんね——あのね、部長って——人間だったのよぉ。あ、意味わかんないか。え？　わかる？　言ってること、わかってくれるの？　うそ、本当に？——何？　ゴトゴト音してるけど、そこで何かしてるの？」

♯68　ハピネス三茶・食堂
絆「（電話）うん、なんか、エアコンつけに来ててさ——」

電気屋「取り付け、ここでいいんですね」
ゆか「ちょ、ちょっと待って下さい」
　絆のケータイをひったくるゆか。
ゆか「もしもし、基子さん？　エアコン買いました？　今、取り付けに来てるんですけど。本当に食堂につけていいんですか」

＃69
　街中
　アッとなる基子。
基子「(電話) 電気屋さん、今日だったんだ。ごめんッ！　忘れてた」

＃70
　ハピネス三茶・門の外
　自転車で乗り付ける制服姿の基子。
　あわてて中へ入ってゆく。

＃71
　同・食堂
　制服姿の基子、入ってくる。
　エアコンが付いている。
　絆、ちゃっかりここで漫画を描いている。

ゆか、説明書を見つつ、リモコンをいじっている。

ゆか「あ、基子さん」
基子「ごめん。言うの忘れてた。今日、電気屋さん来るって」
ゆか「もう、帰っちゃいました」
絆「よッ！　お先に、あたらせてもらってます」
基子「何？　ここで仕事してんの？」
ゆか「基子さん、良かったんですか？　ここにつけて」
基子「私の部屋につけても、ほとんど居ないしさ。だったら、皆が居る場所がいいと思って（エアコンにあたる）く〜、極楽じゃあ〜。お母さん、お茶」
絆「お母さん？」
基子「あ（しまった）」
ゆか「お茶ですか（キッチンへ）」
基子「あ、いい。自分で行きます」
ゆか「何言ってるんですか、おいれしますよ」
絆「そこんとこがね、一番涼しいよ」
基子「何か、皆、親切なような気がする」
絆「今日だけね」
基子「（絆に）ね、嬉しかった？」

絆　子「ん——まぁねぇ」
基　子「どうなのよ」
絆　子「なんで、いちいち聞くかな」
基　子「どうなのよ」
絆　子「嬉しいわよ。嬉しいに決まってるでしょ」
基　子「そっか、嬉しいんだ。良かった」
絆　子「何なのよ」
基　子「嬉しいって言ってもらうと、こっちも嬉しいもんよね」
絆　子「何をいまさら」
基　子「自分のカラを打ち破るような、衝撃的な物、結局、買えなかったけど、ま、いいいか」
絆　子「カラ破ってるよ、十分」
基　子「え、そう?」
絆　子「みんなで、今を楽しむ為のもの買うなんて発想なかったんじゃないの?」
基　子「あ——言われてみれば、自分の事以外にお金使ったの、初めてかも——」
絆　子「ほらぁ」
基　子「それって、私、カラ破ったってこと?」
絆　子「そーだよ。貯金箱、割ったんだよ」

基　子「そっか。ついに割れたのか、私の貯金箱」
絆「制服、いい感じだね」
基　子「え？　そう？　ダサいって皆言ってるけど」
絆「うん、キリッとして見える」
基　子「（ちょっと照れる）でも十四年も着るもんじゃないよね」

＃72　同・基子の部屋
制服姿の基子、母から転送されてきた手紙を開ける。

『元気にしてますか？　手紙の中身は見てませんから。プライバシーですから。母より』

基　子「なーにが、プライバシーよ。全然ないくせに」

その中から、さらに手紙。

封を切ると、写真が出てくる。

馬場チャンが、どこかで撮った顔ハメの写真。

『大判小判をまいている長者どん』の姿。

基子、思わず笑ってしまう。

ゆか（声）「お父さん、悪いお知らせです。教授の一番の友達の木山タマ子さんの病状が、とても悪いそうです」

＃73　同・夏子の部屋
夏子、カップラーメンを食べながら本を読んでいる。
ゆか(声)「教授は、人間は誰でも終わりがあるのだから、しかたがないと言っています」

＃74　どこかのマンション
夏子のケンカ相手のサラリーマンがウサギに餌をやっている。
もちろん、前髪の庇はなくなっている。
ゆか(声)「言われてみれば、私にも、基子さんにも、絆さんにも綱吉にも、間々田さんにも、みんな、終わりがあるのですね」

＃75　校庭
ヴィトンの鞄が無造作に木に引っ掛かっている。
その横で小学生が鉄棒をしている。
ゆか(声)「でも、終わるのも楽しいかも、と私は思います」

＃76　ハピネス三茶・食堂

漫画を描いている絆。描き終わったらしい。
満足そうに、でき上がりの原稿をトントンと揃えて、匂いを嗅ぐ。

ゆか（声）「やっとアイスにハズレが出た時の、あのホッとした感じ。やっと終わったぁという解放感。私は、そんなふうに一生を終えたいです」

♯77　ハピネス三茶・外
掃除をしているゆか。

ゆか（声）「でも、その前に、やる事が山のようにあるのです。とりあえず、今、悩んでいるのは――」

♯78　同・玄関
前髪の毛玉を見ている綱吉。

ゆか（声）「教授が引きちぎった前髪です。これって、燃えるゴミでいいのでしょうか？」

♯79　同・外観

（つづく）

すいか

suika

1

第4話

脚本＝木皿泉

Izumi Kizara

＃1　信用金庫・フロア

女子行員数人が声をそろえて。

女子行員達「早川センパイ、お疲れ様でーす」

なぜか、早川梅子が制服を着て、彼女たちに応える。

梅　子「ハーイ。お疲れ～。今日もみんなチーム・ワークばっちりで、けっこうでした。でもね、仕事はともかく、プライベートではひとり、淋しく、孤独で、いるようにしましょう。なぜか？　男性は群れている女が嫌いだからです。よろしいですね。孤独なフリで殿方をゲット！　リピート・プリーズ」

女子行員達「孤独なフリで殿方をゲット！　ゲット～（エコー）」

＃2　ハピネス三茶・基子の部屋

基　子「(寝言) うわぁッ！」

基子、ガバッと寝床から起き上がる。

基　子「(呆然) 夢かぁ――」

かなり部屋の物が増えている。

しばらく呆然となるが、徐々に目覚めてゆく。

いつも制服をかけている所を見てンッ？　となる。

基　子「ない？」

＃3　同・外観
のどかな朝の風景。
基子（声）「ないッ！　どうして？　何で？」

＃4　同・食堂
ゆか、夏子、朝食を食べている。
パンにコーヒー、目玉焼きの朝食。
基子、何やら必死に探している。
基子「ね、見なかった？」
ゆか「何です？」
基子「制服」
ゆか「制服？　なかったっすよ」
基子「ここになかったら、もう探すとこないのに」
ゆか「パン冷たくなっちゃいますよぉ」
基子「そうね。そうよね（食卓につく）」
夏子「これ、（小さな包み）京都のお土産」
基子「あ、ありがとうございます（受け取る）」

ゆか「（もらう）いいすねぇ、京都」
夏子「絆ちゃんは？」
ゆか「徹夜明けで寝てるんじゃないっすか」

＃5　同・絆の部屋

散乱した部屋。
切り抜き、メモ、資料本。
食べさしのパン。
転がるペットボトル。
昨夜は修羅場だった、と思わせる散乱の仕方。
その真ん中で、絆、眠っている。
絆「ハハハハハ」
自分の声に、絆、半分、起き上がる。
寝ぼけて、不安げにあたりを見回す。
絆「誰？（眠い）笑ったの誰よ（もうろうとしつつ、再びパタンと寝てしまう）」

＃　タイトル

＃6

ハピネス三茶・基子の部屋
基子、今まさに会社に行こうという恰好。
財布の中身をぶちまける。
クリーニング店の控えが出てくる。

基　子「（控えを見て）ほらやっぱり、クリーニング屋、行ってるじゃん」

＃7

クリーニング店（回想）

基子（声）「汚れたの出して——洗ったの返してもらって」
会社帰りの基子、クリーニング店で、汚れた制服を渡して、クリーニング済みの制服を受け取っている。

＃8

道（回想）

基子（声）「それから——部長と課長にバッタリ会って」
基子、歩いていると部長と課長に出会う。
二人、飲みにゆこう、と基子を誘っている。
乗り気でない基子。が、連れてゆかれる。

＃9

居酒屋（回想）

部長と課長に挟まれて、酒を飲んでいる基子。

基子、かなり、煮詰まっている。

基子(声)「チャンポンで飲んで」

10
カラオケ店(回想)
気持ち良く歌っている部長。
基子に、顔を接近させて、ものすごく真剣に話し込んでいる課長。
課　長「だからさ、群れてる女ってさ、最悪なのよ」
基子、ものすごく煮詰まっている。
基子(声)「くだらない話、えんえん聞かされて」

11
ハピネス三茶・門(回想)

悪酔いしている基子、帰ってくる。

基　子「(毒づく)なーにが、ディスクロージャーよ。あいつら自身が、よっぽど閉鎖的だッつーの！　やってられねーッつーの！」

持っていた制服を見て。

基　子「ふん！　こんなもんっ！」

ゴミ箱にクリーニングから返ってきた制服を投げ捨てる。

基子「(気持ちいい。制服に向かって) はン！　ざまぁみろッ！」

＃12

同・基子の部屋
基子、宙を見たまま、凍りついている。

基子「捨てた？――捨てたよ、私」
ダッと部屋を飛び出してゆく。

＃13

同・門
ゴミ箱を開ける基子。
空である。
ゴミ回収車が今、まさに出てゆこうとしている。

基子「ちょっ、ちょっと、待った！　そのゴミ――私の、私の制服が――入ってるん――です――(全力疾走で追う)」
が、間に合うわけもなく、基子、取り残される。
遠ざかってゆくゴミ回収車。

基子「(息を弾ませている。ものすごい混乱。私は、どうしたらいいんだよ)」

＃14

同・絆の部屋

絆　　絆、眠気と戦いつつ、電話している。
「だって、ネームの段階では、それでいいって話だったじゃないですか――いや、入れろって言われれば、今からでも入れますよ。でも、必然性がないでしょう？――だって、そんなとこにエロなシーン入れたら主人公の心情が無茶苦茶になっちゃうじゃないですか――え？　無茶苦茶になっても、いい？そんなッ！（急に目が覚める）そんな、四六時中、エッチ求めてる女なんているわけないでしょう？――（もの凄く怒って）なら連れて来て下さいよ！今すぐ、ここに！」

＃15　同・食堂

庭から入ってくる間々田。
桃の箱を持っている。
誰もいない。

間々田「おはようございます（上に向かって）先生ッ！　京都のお土産頂きに参じました。（中に入る）あれ？　ゆかちゃん？　先生ッ！　何だよ、誰もいないの？（食器が一部、そのままになっているテーブルを見て）何だよ、何だよ。食べたままじゃない（桃を置き、食器を片付けてキッチンへ持ってゆく）何で渋い男盛りが、こんなチマチマした事やんなきゃなんないんだよ。ったく！」

#16　同・キッチン

食器を持って入ってくる間々田。

流しにつけて、腕まくりをする。

間々田「女ばっかりっていうのは、かえってだらしなくなるって言うの、本当だな」

間々田、何気なく振り向いて、驚愕する。

夏子が静かに座っている。

夏子、なぜか御用提灯（お土産用）を持って、思い詰めている顔。

間々田「せ、先生ッ！　いらしたんですか？」

夏子「伝ちゃん――」

間々田「はい？」

夏子「どうしよう」

間々田「な、何がですか？」

夏子「うん」

間々田「何かあったんですか？」

夏子「誰にも言わない？」

間々田「もちろんです。たとえ、拷問されても、言いません」

夏　子「京都の大学にね、来ないかって、誘われてるのよ」
間々田「え？　京都って（あわてて座る）そんな遠いとこ」
夏　子「私もね、向こうで、ちょっとやってみたい事もあるのよ。藤田先生もご高齢じゃない？　生きてらっしゃるうちに、ちゃんと私なりにまとめたい事もあるし。私にも、色々、欲が出て来ちゃって——」
間々田「そんなぁ。じゃあ、京都に住むって事ですよね？」
夏　子「うん、そういうこと」
間々田「えー、そんな事言わないで、ここで、いつまでも、みんなで仲良く暮らしましょうよ」
夏　子「（間々田をジッと見て）そんな、人形劇みたいな事言われてもねぇ」
間々田「（言った自分が恥ずかしい）」
夏　子「（あ、と気付いて）これ、京都のお土産（御用提灯を間々田に渡す）」
間々田「あ、これが、お土産だったんですか（四〇男に、これはないだろうと言いたい。が言えない）」
夏　子「（考えている）」

＃17　同・絆の部屋
片づけている絆。

絆　「しょーがない、いつも通りサクサクやってしまうべ」

絆、仕事を始める。

が、ふいに涙がつーと頬を伝う。

なぜ涙が出たのか、自分でも驚く。


絆　「(涙を拭う。笑う) なんで? ヘンなの、いつもの事じゃん。(仕事を続ける。でも、やりきれない)」

暑くて、窓を全開する。

が、風は入ってこない。

絆　「(暑ッ) 今日は、風もなしか」

♯18　同・基子の部屋
ケータイ片手の基子、嘘つくの嫌だなぁと思いつつ、相手が出るのを待っている。

基子　「あ、早川ですけど (ゲホゲホわざとらしく咳き込む) すみません。実は、あの、今日、ものすごく熱が出てしまいまして――は?――えーっと (考える) 三九度二分? え? うちにですか? いいです。来なくていいですよぉ。何で来るんですか?――いや一人暮らしですけど、大丈夫です――あ、今、三七度に下がりました。もう、峠は越えて、薄紙がはがれるように治りつつあるので。ハイ。でも、ホンモノじゃないので、大事をとって、今日は休ませていただきます。はい（ヤバかった。電話を切る）」

電話を終えて、ちょっとホッとする基子。

上着を脱いで、さて、何をしようか。

＃19

同・洗面所
気分を変える為、顔を洗っている絆。
化粧を落としている基子。
洗い終わって、互いに手さぐりでタオルを手元に引き寄せようとする。
一本のタオルを、互いに引っ張り合う。

基子「ん？　あ、ゴメン。私のじゃないわ（自分ので拭く）」
絆「（拭きつつ）会社は？」
基子「うん――ズル休み？」
絆「するんだ、ズル休み」
基子「今、休みますって電話したんだけど、ウソつくのって、もう本当イヤ」
絆「それぐらいのウソは、当たり前のハンチューよ。でないとこっちの体、持たないって」
基子「え、そういうもんなの？」

絆「そーよ。で、今日は何するの？」
基子「さぁ、何をするべきか——ズル休みって初めてだし」
絆「（びっくり）え、初めてなの？」
基子「（そんな事を知られて恥ずかしい）そっちこそ、徹夜明けでしょ？　何で起きてるのよ」
絆「うん、それがさ、朝早くから電話があって、その電話がさ（電話の内容を思い起こす）あッ、今、この辺（後頭部）プチンって音がした」
基子「え？　血管？（絆の後頭部を見る）」
絆「（凍ったように動かない）じゃなくて、キモチ。プチンって、今、切れた——」
基子「あ、それ、わかる。私も、プチンって——」

＃20　同・門（回想）
基子、こんなものッ！　と制服を投げ捨てる。

＃21　同・洗面所
基子と絆。
絆「決めた」

基子「?」
絆「漫画やめる」
基子「うそ? うそ? 何で?」
絆「プチンときたら、それは体が、何か知らせてる証拠だっておばあちゃん、言ってたし」
基子「え、そーなの?」
絆「うん、そう。無理したら長生き出来ないって。私、向いてないのよ。今の仕事。バカだなぁ、何で今まで気づかなかったんだろ(自分の部屋へ)」
基子「え、ちょっと。私も夕べ、プチンってきたんですけど。それは私も会社辞めた方がいいってこと? (不安そうに自分の頭を探る)ねぇ、ちょっとぉ」

#22

同・夏子の部屋
机の前の夏子。
ケータイで電話している。
夏子「いいお話だと思ってます。でも、返事、もう少し待って頂けませんでしょうか――いいえ、うまく言えないんですけど、ちょっと、ひっかかる事があって――いえいえ、そちらの話じゃなくて、プライベートの方で――すみません。はい、失礼致します(切る)」

ペンをいじっている。

夏　子「何に引っかかってるんだか、私——（考えるが思いつかない）あー、解明されない事があるって、苦しいこと！」

＃23　同・玄関

牛乳を買って、帰ってくるゆか。
ダダダッと階段を下りてくる絆。
かなり、ちゃんとした恰好をしている絆。

ゆ　か「あれ、徹夜じゃなかったんですか？」
絆「うん、ちょっと（靴を履く）」
絆の持っていた袋から、絆の履歴書がはみ出している。
ゆ　か「履歴書？」
絆「（あわてて隠す）」
ゆ　か「絆さん、就職するんですか？」
絆「うん、まぁね」
ゆ　か「何で？　漫画は？」
絆「もういいの、漫画は。大体、時間かかるわりには、お金にならないし。やっぱ日銭よ。バイトよ、バイト」

ゆか「えー、じゃあ、絆さん、フツーの人になっちゃうじゃないですか。もったいないじゃないッすか」
絆「何とでも言って。とにかくお金がいるの」
ゆか「魂、売っちゃうんっすか」
絆「今日、ハッキリわかったの。お金がないから、足元見られるんだって(外をキッと見る)上等じゃん。日本一のウェイトレスになってやろうじゃないの!」
ゆか「絆さん! 早まらないで下さいッ!」
絆、出てゆく。

#24 同・基子の部屋
一人、ポツンと足の爪を切る基子。

#25 同・門
鋭い目をした生沢冴子《いくさわさえこ》(三七歳)が、やってくる。

#26 同・玄関
入ってくる生沢。

生沢「すみません」
　ゆか、出てくる。
ゆか「はい？」
生沢「早川基子さんは？」
ゆか「どちらさんですか？」
生沢「（警察手帳を見せる）」
ゆか「け、警察ぅ？」
生沢「早川基子さんは？」
ゆか「あ、二階上がって右側の部屋です」
生沢「失礼します（スリッパを履いて上がろうとする）」
ゆか「あーッ！　それッ！（足元を指さす）」
生沢「？（自分の足元を見る）」
　生沢のスリッパに『ゴキブリ用』と書かれている。
生沢「ゴキブリ用？」
ゆか「それ、ゴキブリ叩く為の専用スリッパ」
生沢「（あわてて脱ぐ）」
ゆか「こっち（別のスリッパ）、大丈夫ですから」
　生沢、スリッパを履き直して階段を上ってゆく。

ゆか「（見送って、あわあわと、食堂へ）」

#27　同・食堂

間々田、箱から桃を一つ取り出す。

間々田「箱で買った桃を、冷やす前に、取り敢えず食べる、この最初の一個が――うまいんだよなぁ（顔ゆるむ）」

入ってくるゆか。

ゆか「間々田さん！　警察です！　警察」

間々田「警察？　何で？」

ゆか「さぁ」

間々田「聞き込みか何かじゃないの」

ゆか「あんまり驚かないんですね（桃の箱に入っていたクッション材をプチプチやる）」

間々田「うん、実は、もっと大変な事が、この家に起ころうとしてるんだよね」

ゆか「（プチプチ）何ですか？　それ」

間々田「それが、言えないんだよなぁ」

ゆか「何で？」

間々田「口止めされててさ」

ゆか「誰に？」
間々田「だから、それ、言っちゃうとわかるもん」
ゆか「ふーん、そうなんだ（興味がプチプチへ）」
間々田「ちょっと、もっと興味持ちなさいよ（キッチンへ）」
ゆか「だから、聞いてるじゃないっすか。何なんですか？」
間々田「（桃を食べる為の皿やら、お手拭きやら持って帰ってくる）だから、言えないのよ、これが」
ゆか「もう、いいです（プチプチ）」
間々田「ものすごい事なんだぞ。もう、聞いたら（ゆかの物真似で）『もう、いいです』とか言ってられないぐらい、すっごいことなんだから」
間々田、何となく視線を感じて、上を見る。

♯28　同・天井の穴
ジッと間々田を見ている夏子。

♯29　同・食堂
間々田「（アッ）」
間々田、ものすごい恐怖におそわれる。

ゆ　か「だから、何なんですか？」
間々田「さぁ、何だろう？」

＃30
同・基子の部屋
切った爪がどこに飛んで行ったのか探している基子。
ノックの音。

基　子「(ビクンとする) はい」
こわごわ開けると、生沢が立っている。
生　沢「早川基子さんですか？」
基　子「(不安) はい、そうですけど？」
生　沢「私、こういう者です (警察手帳を見せる)」
基　子「(何で？　警察が？　混乱。あッとなる) いや、違うんです。制服、捨てちゃって。それで、仕方がなかったって言うか。決して、ズルしようとか、そういうことじゃないんです――」
生　沢「何の話ですか？」
基　子「私が今日、ズル休みしたから、それで来たんでしょ？」
生　沢「そんなわけないでしょう」
基　子「(あ、そうか。そうだよな)」

生沢「三億横領で逃走中の馬場容疑者の件です。あなたと交友のあった、馬場万里子。もちろん、ご存じですよね」
基子「（警戒）あ、馬場チャンの――」

#31　同・食堂
基子と生沢。

基子「知りませんから。馬場チャンの居所とか、ほんと全然。私、引っ越ししたし、向こうも、ここの住所知らないし」
生沢「（ふーん。なるほど）」
間々田、顔を出して。
間々田「アイスコーヒーでも、おいれしましょうか？」
生沢「私、コーヒー、飲みませんので、どーぞ、おかまいなく」
間々田「あ、じゃ、お茶でも（笑顔のまま、引っこむ）」
生沢「ところで、何であなた、制服捨てたんですか？」
基子「は？」
生沢「だって、さっき、捨てたって」
基子「あー、酔っぱらった勢いで、つい――」
生沢「ほう」

基子「その事と、馬場チャンと、何か関係あるんですか?」
生沢「いえ、ないです。個人的キョーミです」
間々田、アイスコーヒーと麦茶を持って入ってくる。
間々田「お待たせしました。えーっと、こちらは麦茶です。(だったかどうか判らなくなる) いや、コーヒーか? (クンクン匂う) あ、こっちが麦茶——いや、違うか」
基子「(も匂う) こっちが麦茶です (生沢に差し出す)」
生沢「(も匂う) いや、これはコーヒーでしょう」
基子「え、そう? (匂う)」
三人、二つのグラスを匂ってみる。

#32

ファミレス
絆、ホールで働いている。
案外、さまになっているファミレスの制服姿。
注文の品を、お盆にのせる。
つい癖で、パンケーキをクンクン匂ってしまう。
店長「(小声) 亀山さん。だから、匂わないで。お客さん、見てるから」
絆「あ、すみません」

＃33
ハピネス三茶・ゆかの部屋
押入れを探しているゆか。
クッション材が出てくる。
ゆか「あったっ！」
ゆか、プチプチ破るのが、止められないらしい。
嬉しそうに、プチプチやる。

＃34
同・食堂
話している基子と生沢。
生沢「馬場万里子の持ち物のほとんどが捨てられていました」
基子「ど、どこに？」
生沢「場所は、言えません。でも、その中に、住所録だけなかったんです。手帳は捨ててあったのに、住所録の所だけ、引きちぎられていて——」
基子「じゃあ、馬場チャンは、今、何も持たないで逃げてるんですか？」
生沢「あなたの住所だけ握りしめてね」
基子「！」

＃35

どこかの簡易旅館（イメージ）

今、まさに食べようとしていたのか、鯛焼きとお茶が行儀良く並んでいる。

その前に座布団。

開け放した窓。

手帳が、ペラペラ、風でめくれる。

確かに、住所録が〈ハ〉のページだけ、あわてて引きちぎったように、なくなっている。

窓から海が見える。

風に揺れるカーテン。

＃36

ハピネス三茶・食堂
基子と生沢。
生沢「本当に、連絡、ない？」
基子「（きっぱり）ないです」

＃37

ファミレス
テーブルにメニューを持ってゆく絆。
絆「いらっしゃいませ、ようこそ（絶句）」

響　客は、響一。
絆　――「何で?」
響　――「(見られたくなかった)」
絆　――「いつから?」
響　――「今日」
絆　――「(制服姿を見て思わず呟く)か、可愛いッ!」
響　――「(低く)何、欲しいのよ。早く言いなさいよ」
絆　――「(メニュー見ながら)絆さん」
響　――「は?」
絆　――「絆さんが欲しい――です(どうしよう。ものすごいこと言ってしまった)」
響　――「自分で言ってて、照れない? それ」
絆　――「うん、――でも、好きだし(また言ってしまった)」
響　――「そういうこと、なんで、こんなとこで言うかなぁ」
絆　――「うん。でも、好きなんだよなぁ(ここまできたら、言い続けるしかないと開き直る)」
響　――「いや、だから。私は、あなたが思い描いてるような人間じゃないと思うよ」
絆　――「うん――わかってる。でも、好き――(なんだよなぁ)」
響　――「例えば、二人、付き合うとするじゃない」

響　──「（嬉しい。うんうん）」
絆　「いや。だから。例えばよ。例えばの話よ。私は出来るだけ、あなたの思うような人で、居てあげたいと思うじゃん？　するとさ、自分がなくなるみたいでこっちが苦しくなるの。で、最終的に傷つけちゃうの。わかる？　そういうの私、ダメなの。人に合わせるのが、下手なの」
響　──「だから、絆さんは、そのままでいいって。こっちに合わせることなんか、全然ないから」
絆　「みんな、初めはそう言うのよ。でも、本当は違うの。ずっと自分が思うような女の子でいて欲しいの。で、自分の思い通りにいかないってわかったら、君には失望したって、わがまま過ぎて、付き合いきれないって。そういう展開。彼氏も親も、そうやって、私と離れていったわけ。例外なし。いつものパターン。わかった？」
響　──「オレは、そんなことない。どんな絆さんでも好きだと思うし──」
絆　「だから、今だけだって」
響　──「今だけじゃない。ずっとだ」
絆　「（独り言）ダメだ、コイツ、言葉が通じない」
響　──「（どこから来るのか、わからない自信の笑顔）」
絆　「（突然、自分の両方の鼻の穴に指を突っ込む）ほれでも好き？（これでも好

響　き?・)」

一　「(あまりの事に) ちょっ、ちょっと、やめろって。ダメだって、それはッ!」
　店長が寄ってくる。

店長「お客様、いかが――(絆を見て驚愕) 何してるんだ、君」

絆「(やめない) ほれでも好きかって、聞いてるの!」

響一「(顔をテーブルにすりつける) お願いだから、やめて下さい。本当にお願いしますから」

店長「亀山君ッ! うちの制服着て、そんな顔するんじゃないッ」

絆「(そのまま) マニュアルに書ひてあるんですか?」

店長「じょ、常識だろッ! 今すぐやめなさい。でないと、ク、クビだぁッ!」

絆「わかひました。やめましゅッ! (判りました。やめます。と言っている。指を突っ込んだまま、堂々と出てゆく)」
　客達、いっせいに、ケータイで絆を写す。

店長「やめて下さい。写さないで下さい。その制服で、そんなッ! (泣きそう) こんな写真、ばらまかれたらオレ、おしまいだよぉ。もう無茶苦茶だよぉ」

♯38　ハピネス三茶・夏子の部屋
　夏子、本を整理している。

夏子「引っ越すとなると、これ、大変だわ」
本を引き抜くと、コトンと小さな箱が落ちる。
何だろう？　と開けると、アンティックのブローチ。
夏子「(アッとなる) これだ。私が、引っかかってたの」
夏子、ベッドに座る。
夏子「(ブローチを手の中であそばせる)」
ハピネス三茶の前で撮った若い頃の写真の数々。
夏子「覚えてるわけないか。(そうだッ！) 覚えていたら、ここを出ない。覚えてなかったら――もう、ぜんぜん、覚えてなかったら、京都に行く」

#39 同・ゆかの部屋

プチプチやってるゆか。
ノックの音。
ゆか「(プチプチに集中) はい」
夏子、入ってくる。
夏子「これ (小箱を渡す)」
ゆか「は？ (プチプチ)」
夏子「あげる」

ゆか「おみやげパートⅡっすか?」
夏子「じゃあ——(出てゆこうとして、振り返り呼びかける)ゆかちゃん——」
ゆか「(顔を上げずに)はい?(ずいぶん経って、何も返ってこないので顔を上げる)教授?」
　夏子、もういない。

#40　同・基子の部屋
　新聞紙の上で桃をガシガシ食べている、基子と生沢。
基子「いいですよね。刑事って、やりがいのある仕事で」
生沢「(首を振る)でもない」
基子「そう?」
生沢「(うん)ルーティンワークっていうの? けっこう同じ事やってる」
基子「手錠とか、ガシャンって——」
生沢「ない、ない——でも、まぁ、面白い事は面白いかな」
基子「あ、面白いんだ。いいじゃないですか」
生沢「面白くないんですか? 仕事」
基子「っていうか——私がズル休みしても、会社はいつも通り、営業してるんですよね。何だ、私がいなくても同じなんだって思い知らされたようで——」

生沢「仕事なんてさ、内容より、場って言うの？　人間関係が大きいんじゃないですかね」

基子「そうですか？　仕事は、やっぱり、内容でしょ。私しか出来ないっていう――」

生沢「それよりも、仕事は、誰とするか。それが大事なの」

基子「そうでしょうか」

生沢「内容だと思ってるんだ？」

基子「違うんですか？」

生沢「飛行機のパイロットより、宇宙飛行士の方が偉いとか、そういうこと、本気で思ってるンだ」

基子「まぁ、そういう事かな」

生沢「順序があるんだ、早川さんの中に、クッキリと」

基子「え？　うん、まぁ」

生沢「信用金庫のＯＬは、どれぐらいなんですか？　お豆腐屋さんより上ですか？下ですか？」

基子「(カッとなって) 私は、何も、自分の仕事が偉いとか、偉くないとか、思ってないし」

生沢「思ってますよ。明らかに思ってるじゃないですか」

基子「（確かに思っている）」

生沢「それ、つまんないでしょう？　ものすごく尊敬する人とか、面白い人とか、そういう人が居る職場が、最高でしょ。やっぱり」

基子「刑事さんは、いるんですか？　そういう人」

生沢「私の場合は犯人？　面白いんですよ、これが。調べれば、調べるほど色んな顔があって、一つじゃないって言うの？　目茶苦茶。お前それスジ通ってないだろうって、そんなヤツばっかりで。それが面白くて、この仕事やってる」

基子「馬場チャンも、面白いですか？」

生沢「（断言）面白い」

基子「私は？」

生沢「あなたは、面白くない方？　私と同じ人だから」

基子「（不服）面白くないんですか」

生沢「意外性がないし。（自分を指さして）誰が見ても公務員（基子を指して）誰が見ても信金のＯＬ、みたいな？」

基子「（ちょっとムカつく）どーせ、面白くないですよ、私は」

生沢「いつも同じ制服着てるような、そういうキャラでしょ？　私達は。そーゆーのは、見てる方は面白くない」

基子「私、一生、面白味のないヤツで終わるんだ」
生沢「人間は、変わりますよ」
基子「そんなの、気休めです。私なんて、変わりようないし」
生沢「(近くにあったタオルを見せる)これは、何ですか?」
基子「タオル?」
生沢「(頷く。鞄から何やら取り出して、基子の目の前で激しく振る)これは、何ですか?」

基子「え?(見ようとするが、振るのが速すぎて判らない)えーっとですね」
生沢「(振りつつ)はいっ! 何ですか。答えて」
基子「(にじり寄って、必死に見ている)か、亀?」
生沢「(動きを止める)残念でした。(手の中を見せる、ボロボロの小さなヌイグルミのクマらしきもの)」

基子「これは?」
生沢「私が作ったクマチャンです」
基子「え、これって、クマ?(興味深く見ている)」
生沢「人は、正体が初めっから判ってるものには、興味を持たない。なんだ、タオルかって思うだけ。でも判りにくいものには目を凝らす」

基子「私は、何だタオルか、の方ってことですか」

生沢「何だ、信金のOLか、みたいな」
基子「(煮詰まる)」
生沢「でもですよ。一見、タオルでも、中に何か包んでるかもしれない。拳銃か、札束か、一冊の詩集か」
基子「私の場合、タオルの中に、またタオルがくるまってるんだと思う」
生沢「夢のない人ですねぇ」
基子「(さらに煮詰まる)」
生沢「あッ！　目がないッ！」
基子「は？」
生沢「ミッシェルの目が(探す)」
基子「ミッシェル？」
生沢「いや、これ(クマ)の名前です(探す)」
基子「あ、ほんと。ないわ、目(も、探す)」
生沢と基子、ミッシェルの目を探す。

#41　同・食堂
御用提灯を持った間々田、イライラしつつ座っている。
間々田「あーあ、言いてぇなぁ。全部、白状しちゃいたい」

間々田、爪を見たりしている。
アッとなる。

間々田「あれ？（探す）指輪がない。どうしたんだ」
御用提灯を片手に指輪を探す間々田。

間々田「どこだ！　どこなんだ！」

#42　同・玄関

絆、ガックリしつつ帰ってくる。
階段を下りてくる生沢。

絆「あ、ゴキブリッ！」

生沢「え？（あわてて、ゴキブリ用のスリッパを探す）」

絆「（そのへんのスリッパで、一撃）やったッ！」

生沢「（やっと見つけたゴキブリ用のスリッパ持って）あの、それ、ゴキブリ用じゃないんですけど――」

絆「そうなのよ、いつも間に合わなくてさ（と言いつつ、ゴキブリを殺したスリッパに、マジックで『ゴキブリ用』と書き入れ、そのへんに放り込む）」

生沢「（そんなのありか？）大胆な――」
絆、二階へ上がってゆく。

ふと見ると、絆の履歴書が落ちている。

生沢「(履歴書を渡す) これ」

絆「(苦々しく受け取る) すみません。もう、いらないんですけどね」

生沢「あの、失礼かと思ったんですが。今、チラッと拝見させていただきました。特技が手芸とか?」

絆「(うん)」

生沢「これ、直せません? (ミッシェルを見せる)」

絆「(手に取って見る) かわいい犬じゃん」

生沢「クマです」

#43

同・絆の部屋

ミッシェルの目を付けている絆。

生沢、絆が作ったバッグや帽子を見ている。

生沢「いいご趣味で」

絆「お金ないから、自分で作ってるだけなんですけどね——はい。出来上がり」

生沢「すみません (ミッシェルを見て) あら、ちょっと、知性がなくなったような」

絆「え、そう? 元からなかったと思うけど」

生沢「(キッと見る。うちの子に何言ってくれるのよ)」

#44

同・二階・ベランダ

ぼぉっと外を見ている基子。

生沢、後ろから声をかける。

生沢「早川さん」

基子「(振り返る)」

生沢「帰ります。馬場万里子から何かあれば、連絡下さい(帰ろうとする)」

基子「――刑事さん」

生沢「はい?」

基子「私、夢のない人間ですか?」

生沢「なりたいものとか、ないんですか?」

基子「――刑事さんは、ありますか?」

生沢「そりゃあ、もう、マジシャンの横にいる助手みたいな女の人」

#45

イメージ

箱の中から華麗に飛び出す派手な衣装の生沢。

＃46

ハピネス三茶・二階・ベランダ

生沢と基子。

生沢「ないんですか？　なりたいもの」

基子「私は――馬場チャンになりたい」

生沢「彼女は犯罪者ですよ」

基子「でも、私も逃げたい。親から、仕事から、こんな自分から、あらゆるものから、私も逃げたい」

生沢「そりゃ、誰だってそうです。でもね、ここに居ながら、逃げる方法が、きっとある。それを自分で考えなきゃダメです」

基子「ないですよ、そんな方法」

生沢「早川さん。人に嫌われてもいいんです。矛盾してる自分を、許してあげなきゃダメです」

基子「酔っぱらって、腹立てて、制服捨てちゃってもいいんですか？　そのせいでズル休みして、後輩に迷惑かけて、そんなだらしない自分も許しちゃっていいんですか？」

生沢「いいじゃないですか。だらしなくても。馬場チャンは、そういう方法が判らなかったんです。火山が爆発するみたいなやり方しか、わかんなかった。それって、悲しいじゃないですか」

基子「（うつむく）」
生沢「じゃあ（立ち上がる）私のこと、最初は刑事そのものだと思ったでしょ？
　でも、今は、刑事らしくない刑事だって思ってません？」
基子「（あ、その通りだ）」
生沢「早川さん。あなたにだって、きっと、何かがあるはずですよ」
基子「信金のOLらしくないですね、って言われるような？」
生沢「そう。もしかしたら、あなたの持ってる物は、まだ、この世には、ないもの
　かもしれないし――（帰ってゆく）」
基子「（振り返って見る）」
生沢「（笑って、ヒラヒラ、手を振って階段を下りてゆく）」

＃47　同・玄関
　帰ろうとしている生沢。
　ゆかが何やら後ろ手に持って、待っている。
ゆか「あのー」
生沢「はい？」
ゆか「刑事さんに、ぜひ貰ってもらいたいものがあって」
生沢「私に？」

ゆ　か「私が持ってるより、本物の刑事さんが持ってる方がいいと思って」
生　沢「何ですか?」
ゆ　か「これ（十手を渡す）」
生　沢「これ?」
ゆ　か「（ニコニコ見てる）ちょっと、やってみて下さい」
生　沢「やるって?」
ゆ　か「捕り物の恰好」
生　沢「（それらしい捕り物のポーズ）」
ゆ　か「（感激して）やっぱり本物は違いますねぇ」
生　沢「もう、いいですか?」
ゆ　か「ありがとうございました!」
　生沢、出てゆく。

＃48　同・門に至る道
　御用提灯を持って探しものをしている間々田と、十手を持った生沢が、かち合う。
間々田「あ、お帰りですか?」
生　沢「御馳走さまでした」

二人、道をゆずりつつ、すれ違う。

間々田「お気をつけて」

生沢「はぁ、どうも」

互いに十手と御用提灯を振る。

生沢「（門まで来ると、十手を鞄にしまい、刑事の顔になって出てゆく）」

#49 同・絆の部屋

絆、ものすごいエネルギーでチクチク、縫い物をしている。

絆「（ブップツ）ふん。何よ。どーせ、私は、協調性ゼロですよ。バイトだって、一ヵ月続いたのが一番長いのですよ。でも、三〇分って、どーゆーことよ？　時給も出ないってことじゃないのさ」

クリーニング店の袋に入った基子の制服。

よく見ると、絆が今縫っているのは、基子のベスト。

独創的な猫の模様をビーズや刺繍で縫ってゆく。

#50 同・キッチン

御用提灯を持った間々田、呆然と座っている。

探し疲れている。

間々田のケータイが鳴る。

間々田「(電話) ほいー―あ、うん。場所と時間は変更なし。うん。レストランも予約入れた。え? 花束――あ、要らないの。花束。そーだよね。かっこ悪いもんね。目立っちゃうもんね。はははは――うん、じゃあ、後で (切る) あ〜ッ、結婚記念日に、結婚指輪がないなんて、洒落なんねーっつーの」

#51 同・ゆかの部屋

つぶされたクッション材。

のろのろプチプチやっている。

ゆか「うー、さすがに、プチプチ飽きたよぉ」

プチプチを投げて、ギブアップ。

ふと、見ると夏子から貰った箱。

ゆか、開けてみる。

アンティックなブローチ。

#52 同・階段 (回想)

十三年前。

七歳のゆかが踊り場から外を見ている。

その横に夏子が座っている。
夏子の胸にブローチ。

♯53　同・門に続く道（回想）
ゆかの母（当時三二歳）が荷物を持って出てゆく、その後ろ姿。

♯54　同・階段（回想）
ゆか、外を見ながら、夏子に話しかける。
ゆか「いいんだよね。お母さんが出て行っても。うちは、下宿屋さんだから、うちに住んでる人は、皆、いつか出てゆくんだもんね」
夏子、ゆかの指をそぉっと握る。
ゆか「教授も、いつか出てゆくんでしょう？」
夏子「私は――ずっとここに居る」
ゆか「（振り返って）本当に？」
夏子「ウソついたら、私が大事にしてる、このブローチ、ゆかちゃんにあげる」

♯55　同・夏子の部屋
本をヒモでくくっている夏子。

ヒモでくくられた本の束が、何個も出来ている。
トランクが、開いている。
ノックの音。

夏子「はい」
ゆかが顔を出す。

ゆか「(トランクを見て) どこか行くんですか」
夏子「何言ってるの、昨日、帰って来たばかりじゃない——」
ゆか「ブローチ、ありがとうございます。あんないいもの貰っちゃって」
夏子「うん (やっぱり覚えてないか) 大事にしてね」
ゆか「あのー」
夏子「(希望) ん?」
ゆか「本貸してもらえますか? 捕物帳みたいなヤツ」
夏子「ああ、(探す)『半七捕物帳』、面白いわよ」
ゆか「じゃあ、それ借ります」
夏子「文庫と単行本、どっちがいい?」
ゆか「文庫ですかね、やっぱ (受け取る)」
夏子「ゆかちゃん——」
ゆか「(本をペラペラめくりながら) 判ってますよ」

夏　子「え？」

ゆ　か「本当は、ブローチ返して欲しいんでしょ。あげたあと、惜しくなっちゃったんだ。でも、返しません（ニッと笑って出てゆく）」

夏　子「（ちょっと淋しい）何だ、忘れちゃったんだ」
　ふと見ると、机の上にブローチが置いてある。
　ゆかの手紙。
　『教授の約束はもう無効ッす。好きな時に出て行っていいデス――ゆか』

夏　子「――覚えてたんじゃない、約束」

＃56
　同・中庭
　夕暮れ。
　ぼぉっとしている基子。

基　子「そろそろ、会社、終わる時間かぁ」

＃57
　『泥舟』の看板
　明かりがポッと灯る。

＃58
　『泥舟』

　　　間々田と響一、飲んでいる。

響　一「鼻に指突っ込んじゃって、それで、余計に好きになっちゃって――オレ、ヘンタイですか？」
間々田「何かにとりつかれてる時は、そういうもんよ」
響　一「そうなんですよ。とりつかれてたとしか思えない。ア〜ッ！（頭抱える）何であんな事言ったんだろう、オレ」
間々田「男女の仲なんてさ、追いかけられてると思ってたら、いつの間にか、こっちが追ってたりして、気がついたら、グルグル廻ってるだけでさ、そのうち、その輪から逃れられなくなっちゃうんだよなぁ、怖いよなぁ」
響　一「その指に巻いてる銀紙は何ですか？」
間々田「やっぱり判る？　銀紙って」
響　一「誰だってわかりますよ」
間々田「だよな。そりゃ、ごまかせないわな、銀紙じゃな（落ち込む）オレさ、夫という証《あかし》を、なくしちゃったのよ。もうそれだけが、証だったのにさ。それなくすと、確かな物は、もうないっていうのにさ――」
響　一「え、夫婦って、そんなヤワなもんなんですか？」
間々田「そうよ。めちゃヤワよ。脆弱《ぜいじゃく》。（時計を見て切り替わる）ヤバ、時間だ。（隣の客に）おッ、いい指輪してるなぁ。結婚指輪？　いいな、それ。ちょっとだけ、貸して貰うってわけには——あ、いきませんよねぇ。ですよね」

#59

ハピネス三茶・絆の部屋
絆、針をおく。ベストが完成したのだ。

絆「出来たッ！　作品タイトルは、〈眠れぬ夜の綱吉〉」

#60

同・キッチン
基子、ゆかの料理を手伝っている。
そら豆を茹でようとしている基子。

基子「これ、水から？　お湯から？」
ゆか「さぁ、どっちでも、いいんじゃないですか？」
基子「う、うそ。そんなことないでしょう」
ゆか「出来ますよ。どっちだって」
基子「え？　そう？（鍋に水を入れる）」
〈眠れぬ夜の綱吉〉を着て入ってくる絆。
絆「今日のゴハン、何？」
ゆか「ゴボウめしと、そら豆のコロッケ」
基子「この鍋、大きすぎた？　大丈夫？」

ゆか「いいです、大丈夫です。(絆に) それ、(絆のベスト) 作ったんですか?」
絆「うん、ゆうべ、ゴミ箱に捨ててあったの、貰って帰って」
ゆか「え、こんなの捨ててあったんですか?」
基子「(あッとなる) ちょっ、ちょっと、見せてよ、それ」
絆「(自慢) これね、リバーシブルになっててさ」
絆、裏返しに着ると、基子の制服になる。
基子「アッ！　それ」
絆「ん?」
基子「私の制服じゃない！　それ！」
絆「そうだよ。いらなくて捨てたんでしょう?」
基子「いらなくなったというか、勢いっていうか」
ゆか「え、なんだ、自分で捨てたんですか?」
基子「いや、だから、色々あってさ (脱がす) ありゃあ、こんなにしてしまって
――ブラウスとスカートは?」
絆「私の部屋」
基子「(すがるように) ぶ、無事なんでしょうね?」
絆「うん。これから――ハサミ入れるとこ」
基子「うわぁッ！ (飛び出してゆく)」

絆　「私、ここに居るから、大丈夫だって（も、ついてゆく）」

#61　同・基子の部屋
誰もいない。
制服がつってある。（ベストは表になっている）

#62　同・二階・ベランダ
夜。
綱吉の頭を掻いている基子。

基子　「あんた、夜寝ないんだってね。毎晩、何してるの？　私達の知らないこと、いっぱいいしてんでしょう。え、そーなんでしょ」

#63　同・絆の部屋
夜。
明かりもつけずに寝ころんでいる絆。
カーテンがひらひら舞っている。
それを見ている絆。

絆　「せっかく、作ったのになぁ――ま、いいか（ムックと起き上がる）」

絆　明かりをつける。

　　姉と二人の写真。

　　「(写真に向かって) お姉ちゃんの言いたい事、判ってる。私には、漫画しかないって言いたいんでしょう」

　　机の前に座って、仕事を始める。

#64　同・ゆかの部屋
　　ものすごく怖い顔で『半七捕物帳』を読んでいる。

#65　同・基子の部屋
　　制服にアイロンをかけている基子。

　　遠くに何やら落ちているのを発見する。

　　ズルズルと這ってゆく。

　　ボタンのようなものが落ちている。


基子　「ミッシェルの目だ」

　　宝箱(と言っても空き缶)に、なくさないように入れる。

　　そこに、馬場チャンの写真も入っている。

＃66

『泥舟』
誰もいない店。
よく見ると、綱吉がポツンと居る。
ママ、じっと綱吉を見ている。

ママ　「もう、帰ってちょうだい」
まだ眠れないのか、帰らない綱吉。

＃67

ハピネス三茶・絆の部屋
絆がものすごい勢いで漫画を描いている。

ゆか（声）「私、ハマりました」

＃68

同・洗面所
歯を磨いている夏子。
ふと見ると、間々田の指輪が転がっている。
夏子、拾い上げて自分の指にはめてクルクルと回す。

ゆか（声）「プチプチに、無茶苦茶ハマっちゃいました。で、急に覚めちゃいました。もしかしたら、お母さんも、昔、お父さんにハマってたんじゃないかな。で、私が生まれて、私にハマって」

＃69

同・夜の中庭
軒先に回り灯籠がぶら下がっている。
十手を持った岡っ引きが、泥棒を追いかけている影絵が、グルグル回ってい
て、岡っ引きは、泥棒に追いかけられているようにも見える。

ゆか（声）「それが、急に覚めちゃっただけなのかも。突然、プチプチにあきちゃった私
みたいに、お母さん役とか、奥さんの役とかは、もういいやって」

＃70

同・外観（日替わり）
朝。
出勤してゆく基子の後ろ姿。

ゆか（声）「だから、出て行ったんじゃないかな」

＃71

同・階段
拭き掃除しているゆか。
窓から、手を振って基子を見送っている。
その横に、『半七捕物帳』の本。

ゆか（声）「今、ハンナナ（『半七捕物帳』の事）にハマってます。めちゃ面白いです。

キドー「（作者の岡本綺堂《おかもときどう》の事）、天才です」

＃72　信用金庫・トイレ

基子・女子行員達を集めている。

基子「いい？　絶対、秘密だからね」

女子行員達「（うん、うん）」

基子「（ベストを裏返して、〈眠れぬ夜の綱吉〉を着て、ポーズをつける）」

女子行員、おぉ～と、どよめく。

女子行員「かっこいいィ」

女子行員「どこでやって貰えるんですか、それ」

基子「エルメス」

大騒ぎになる女子行員達。

基子「（もみくちゃにされながら）いや、嘘だからね。嘘！　みんな、全くの嘘だから」

＃73　ハピネス三茶・階段

拭き掃除の手を止めて、『半七捕物帳』に没頭しているゆか。

やっぱり怖い顔で読んでいる。

ゆか（声）「お母さんも、何か面白い事にハマっていたらいいのに。ひとつのことでなくていいから、明日も、次の日も、生きたくなるような」

＃74　同・外観

ゆか（声）「それだけで幸せになれるようなものに、ハマってたら、いいのに」

＃75　ハピネス三茶から見た緑の風景

（つづく）

すいか

suika

第5話

脚本＝木皿泉

Izumi Kizara

＃1

小さなシンポジウムの会場
小さな南の国の人達を呼んでのシンポジウム。

無事、終了したようで、緊張がとけて、ざわめいている会場。

ゲストの外国人「(英語) 崎谷先生への、変わらぬ友情と尊敬をこめて――」

全員、夏子に注目。

夏子に、貝殻やビーズで出来た王冠と巨大な首飾りを贈る。(素朴だが派手。ヤワな作りのもの)

夏子、にこやかに受け取る。

みんなの拍手。

＃2

街中
照りつける日差し。
ビーズの王冠と首飾り、それにサングラスをかけた夏子が歩いている。
一緒に歩いている、助手のスミちゃんの歩調がどんどん、速くなってる。
夏　子「スミちゃん、はやい」
スミちゃん「だって、先生と一緒に歩くの、恥ずかしいです」
夏　子「何が、恥ずかしいんですか。友好のしるしに貰ったものですよ」
スミちゃん「そうですけど、その恰好で、東京の街は、きついですよ。私、先に行ってますから」

夏　子「あ、ちょっと、待ってよッ！」

スミちゃん、ダーッと走って行ってしまう。

夏子の姿がウィンドウにうつる。

自分の姿を見て、ギョッとする夏子。

辺りを見回す。

夏子、かなり浮いている。

＃　タイトル

＃3　写真

基子と馬場チャンのツーショットの写真。

基子(声)「(原稿を読んでいる感じで)私の唯一の友人は、馬場万里子だった。ご存じの通り、彼女は三億円を横領し逃亡中だ」

＃4　信用金庫・フロア

普段の営業中の様子。

おばあさん達が、フロアのテレビを見ている。

健康法の番組。

おばあさん達、真剣に右耳を激しく揺さぶっている。

基子(声)「でも、最近は、ニュースでも取り上げられなくなった。きっと、みんな、飽きてしまったのだろう」

＃5　同・地下倉庫
机と椅子を倉庫にしまい込む男子行員達。
基子(声)「先日、長い間放置されていた彼女の机と椅子は、地下室へ運び出されてしまった」

＃6　同・ロッカー室
各ロッカーに、好きなシールが貼ってあったりする。

誰もいない。

女の子達が、今まさに出て行ったという感じで、雑然としている。

基子(声)「ロッカーは、別の人が使っており、もう馬場万里子を思い出させる物は、何もない。みんな、彼女のことは、最初から居なかったかのように、働いている」

＃７　同・フロア

働いている行員達。

基子の姿はない。

基子（声）「私も、いつか、こんなふうに、最初から居なかったかのように、なってしまう日が来るのだろうか」

＃８　同・総務部

総務の社内報担当（三〇代男性）が、基子の原稿を読んでいる。

その前に、基子。

担当「（原稿から顔を上げて）何、コレ」

基子「ですから、社内報の頼まれた原稿――私の友人について――です」

担当「それは、わかってるけど（原稿、めくって）だって、これ馬場万里子のことじゃない」

基子「はぁ」

担当「社内報だよ。コレ、載せられないよ」

基子「やっぱり」

担当「そりゃ、そーでしょ。うちの会社の金、横領して、しかも逃亡中でさ、みんな、あの事件のことは、なかったことにしたいんだからさ」

基子「――」
担当「もう馬場万里子なんて、誰も思い出したくないんだよね」
基子「じゃ、ボツにして下さい」
担当「もちろん、ボツだよ。コレ、無理だもん」
基子「じゃ（行こうとする）」
担当「（捕まえる）いや、だから」
基子「いいじゃないですか、もう。他の人に頼んで下さいよ」
担当「まだ、書いてないの、早川さんだけなんだよね――締切り来週月曜日。今度こそ、ちゃんとしたの書いて出して下さい」
基子「ちゃんとしたのって、言われても――」
担当「友達とかいないって言うんなら、他の人に頼むけど」
基子「――！」
担当「いないの？　友達」
基子「い、居ますよぉ」
担当「だったら、その人の事、書いてよ。明るく陽気なの一発」
基子「（そんなこと言われても）」

郵便局のバイクが家の前にとまっている。

♯10　同・玄関
郵便局員から、現金書留を四通受け取っているゆか。
ゆか「ご苦労様です」
郵便局員、出てゆく。
四通とも、芝本ゆか様宛で、差し出し人は亀山順市《かめやまじゅんいち》。
ゆか「誰だ？（開ける。札束がゴボッと出て来る）うえっ！　何じゃ、こりゃあ」

♯11　同・食堂
現金書留の封を開けているゆか。
二通目を開けると、また札束。
三通目、四通目も札束が入っている。
（一通に五〇万入っている）
どんどん、積み上げられる札束。
ゆか「（嬉しくて、なぜか犬の鳴き声）ワンッ！」

♯12　同・基子の部屋

基子、机の前で、沈鬱な文豪のように悩んでいる。
タイトル『私の友人』と書かれた原稿用紙。
『私の友人は——』で文章は完全に止まっている。

基　子「(苦悩)」

#13

同・夏子の部屋
クルッと椅子を回転させて、こちらを向く夏子。

夏　子「え？　私が、友達？」
カメラを持った基子が、訪ねて来ている。

基　子「あ、いや、形だけでいいんです。社内報に、〈私の友人〉ってタイトルで何か書かなきゃなんなくなりまして——でも考えてみたら、友達と呼べるほどの人はいなくて」

夏　子「(謙遜)でも、私でいいのかしら」

基　子「もちろんですよ」

夏　子「いいわよ」

基　子「私と一緒の写真とかも、載せたいんですけど、いいですか？」

夏　子「どうぞ」

基　子「じゃあ(カメラを向ける)教授らしいところを一枚」

夏　子「ちょっと待って」
　例の王冠と首飾りを持ってきて身につける。
基　子「あの、これ、つけるんですか？」
夏　子「ダメ？」
基　子「いや、ダメってことはないですけど」
夏　子「（基子の頭に王冠を載せる）」
基　子「私もですか？」
夏　子「だって、友達でしょう」
基　子「（諦めて）はぁ、じゃあ」
　セルフタイマーにして、基子も走って、一緒に写真におさまる。
　王冠をかぶった基子と、首飾りの夏子の写真。
間々田（声）「ヘンだと思わない？」

＃14　同・絆の部屋
　絆、漫画を描いている。
　間々田、絆に冷たい物を持ってきたのか、お盆を持って、側に座っている。
絆「（仕事しつつ）何が？」
間々田「だってぇ、基子さんの友達が、先生だなんて。年齢的に見てもヘンじゃない」
絆　「だから？」
間々田「フッー、絆チャンに頼むんじゃないの？　そういうの」
絆　「（ペンを止めて）そう？　そうかな」
間々田「そうさ。当然、絆チャンよ。フッーに考えれば」
絆　「そうとも限らないんじゃないの」
間々田「まぁ、エロ漫画家より、大学教授の方が聞こえがいいって言えば、それまでなんだけどね」
絆　「（ムッとなる）間々田さん、私、今日、締切りせまってて目茶苦茶忙しいんですけど」
間々田「あ、怒った？　やっぱり、基子さんが、教授に頼んだの、根にもってるんだ」
絆　「違うって（うるさいなぁ、もうッ）」
間々田「（絆の表情を見て）あッと、町内会費払いに行ってこようかな――（あわてて出てゆく）」

♯15　同・中庭
間々田、トマトを摘んだカゴを持っている。

基　子「え、絆さんが？」
　基子に、そのトマトのカゴを渡す。
　重々しく頷く間々田。
　指でツノを作って、この世のものとは思えないほど、恨みがましい顔を作って見せる。
基　子「何で、絆さん、怒ってるんですか（不安）」
間々田「そりゃ、基子さん。教授に頼むんだもん」
基　子「え？　それが原因？」
間々田「エロ漫画家だから、自分は頼まれないんだって、ひがんじゃってさ」
基　子「そんなの、誤解ですよ」
間々田「やっぱ、大学教授の友達って言う方が、見栄、張れるもんね、ね」
基　子「（怒り）そんな。そんな理由で、教授に頼むわけないでしょう」
間々田「本当に？（見る）」
基　子「（ちょっとオドつく。実は、そんな理由で、頼んだ所もあるのだ）ほ、本当です」

＃16　同・絆の部屋
　絆、仕事をしている。

側にいる基子。

絆子「え、でも、教授に頼んだんでしょう？」
基子「あ、でも、ほら、やっぱり年、離れてるし、友達っていうのも、無理があるかなぁと思って――」
絆子「でも、私、エロ漫画家だし」
基子「(なぜか声が高くなる) 何言ってるの。自己表現する自立した女性って、みんなの憧れの的よ」
絆子「声、高いよ」
基子「ぜひ、私の友人ってことで、お願いします」
絆子「(まんざらでもない顔) いいよ」
基子「(ホッとして) ありがとう」

#17 同・夏子の部屋

夏子、本を読んでいる。
その後ろに立っている基子。

夏子「(本から顔を上げて) 私じゃ、何かマズいことでもあったのかしら？」
基子「あ、いや。とんでもないッ！　よく考えると、教授とお友達って言うのは、なんかおこがましいと言うか」

夏子「そんなことないわよ。いいわよ。私、やるわよ」
基子「あ、いえ。あの——やっぱり、年も離れてますし——」
夏子「(ギロッと見て) 年が離れていては、友人になれない、とでも言うのですか?」
基子「(首を横に振る) と、とんでもないですッ! そうですよねぇ、年なんて関係ないですよね。ハハハハ」
夏子「(も、ハハハと笑う)」
基子「(笑いながら、ものすごく困っている)」

#18

同・基子の部屋
煮詰まった顔で、ポツンと座っている。

#19

同・ゆかの部屋
豪快に一万円札を数えながら、転がっているゆか。

ゆか「福沢ちゃんさぁ、いつも滞在時間マッハだけど、もうちょっと長く家にいてくれないかなぁ」

ゆか、むなしくなって起き上がる。

ゆか「(ため息) しょせん、人の金かぁ」

#20　同・絆の部屋

ゆか、現金書留の封筒と札束を絆の前に置いている。

絆「（同封の手紙を読んでる）娘の絆が滞納している家賃を、これにて、ご清算下さいますようお願い申し上げます。亀山順市（怒ってる）何でこんな勝手なことするかなぁ。大体、私が家賃滞納してること、何で知ってるのよ」

ゆか「（違う。違う）私は、何も――」

絆「わかってる。きっと、人、雇って調べたのよ。そーゆーヤツなのよ」

ゆか「（ウキウキ）というわけですから、さっそく、清算しますか（札束に手をかける）」

絆「ちょっと待って！（ゆかの手を押さえる）」

ゆか「？」

絆、土下座する。

ゆか「な、何ですか？」

絆「確かに、家賃と食費、滞納してます。ものすごく迷惑をかけてます。ごめんなさい。でも、このお金だけは、あの人の援助だけは、受けたくないの。悪いけど、これ、このままあの人に返します。滞納した分は、必ず、私が働いて返しますから。お願いしますッ！（頭を下げる）」

ゆか「あ、いやぁ——（札束に未練）」
絆「お願いしますッ！」
ゆか「わかりましたよ——返します（ガックリ）」
絆「ゆかちゃん、ありがとう」
ゆか「（未練を断ち切るかのように、札束を、物差しでつついて遠くに離す）」

#21　同・食堂
お茶を飲んでいる夏子。
思い出し笑いをしている。
台所から水のペットボトルを持って入ってくる絆、そんな夏子を見て。

絆「何かあったんですか？　教授」
夏子「ん？　うん——基子さんがね、私に友達になってくれって。おかしな人よね」
絆「え？」
夏子「本当の友達ってことじゃないのよ」
絆「あ、社内報の原稿を書くって話ですか？」
夏子「え？　何で知ってるの？」
絆「それ、私も頼まれて」

夏子「え？　絆さんも？」
中庭をはさんだ廊下で、真っ青になった基子が立ちつくしている。
絆と夏子、基子を見つけて。
ダッと逃げる基子。
絆「ちょっ、ちょっとぉ！（追いかける）」

#22 同・玄関
階段に座っている夏子と絆。
その下に立っている基子。
絆「話は、わかった」
夏子「伝ちゃんが、悪い」
基子「いいえ、私も、悪いんです」
夏子「で、どーするの？」
基子「は？」
絆「私がやるの？　教授がやるの？　その社内報」
夏子「そうよ、どっち？」
基子「（二人を見て）いや、それは——」
絆「そっちが決めてくれないと（夏子に）ねぇ」

夏子「そうですよ」
基子「私がですか？」
絆子「他に誰が決めるのよ」
基子「(二人を見比べて) え、選べませんッ！」
絆子「別に、どっちになっても怒らないからさ」
夏子「(にこやかに) 怒らないわよ」
基子「だ、だから (二人見比べる。泣きそう) え、選べませんッ！」
絆子「めんどくさい人だなぁ」
基子「(いじける)」
夏子「ジャンケンで決めましょう」
絆子「じゃあ、勝った方が友達になるってことで」
基子の前でジャンケンをする夏子と絆。
絆が勝つ。
夏子「あら、残念。(基子に) 短い間だったけど、あなたと友達でいて、楽しかったわ」
夏子、ヒラヒラと手を振りつつ階段を上がってゆく。
基子「き、教授！」
夏子「(笑いながら) 冗談よ」

絆「さてと（立ち上がる）さっさと、友達、やっちゃおうぜ」
基子「よろしくお願いします」

＃23 同・絆の部屋

ポーズを取っている絆と基子、セルフタイマーで写真を撮る。
基子「ありがとうございました」
絆「どういたしましてっと――」
仕事に戻る絆。
基子「あ、忙しかったんですね」
絆「うん、締切り、せまってて」
基子「ごめんなさい。そんな時に」
絆「なんで、描いても、描いても、貧乏なんだろうね。ま、子供の時の夢が、かなったから、幸せって言えば、幸せなんだけどさ」
基子「漫画家になるのが夢だったんだ」
絆「じゃなくて――押入れの中で寝るとか、猫飼うとか」
基子「ささやかな夢なんですね」
絆「一人暮らし始めて、まずやったのが、お茶漬け。ご飯茶碗にお茶をかけるんじゃなくて、お湯飲みの中にご飯、入れて食べるってやつ。子供の時から、

基子　それやりたくて、やりたくて」
絆　「わかる。そういうのある。私は、箸箱見ると、ご飯詰めたくなるのよね」
基子　「箸箱にご飯？」
絆　「ならない？　あの細い隙間に、びっしり、ご飯、詰め込みたいって」
基子　「ない。でも、何かわかる。箸箱、やってみた？」
絆　「やらないですよ、そんなバカな事」
基子　「せっかく家出たんだから、やってみればいいのに」
絆　「だって、そんな、非常識なこと」
基子、ふと、側の雑誌を取り上げると、紙袋に札束が無造作に突っ込んである。
基子　「な、何じゃ、こりゃあ」
絆　「（あわてて）いや、違うの、これは」
基子　「だ、脱税？」
絆　「まさか」

＃24　同・食堂
雑誌の記事。
『深緑の亀山邸』の見出しで、屋敷を紹介している。閑静な高級住宅のたたずまい。

南京豆を食べながら、その記事を見ている基子と間々田。

基　子「(疑い深い目で見ている)」

間々田「いや、だから、今度は、本当だって。間違いない」

基　子「これが、絆さんの実家ですか？」

間々田「ほら、ここんとこ、双子の女の子の写真、飾ってるじゃない。これ、絆チャンだと思わない？」

なるほど、写っているが、小さくて見えない。

目を凝らして見る基子。

基　子「言われてみれば、そうですけど——」

間々田「その他、諸々の情報をつなぎ合わせると、どーも、絆チャンの家みたいなのよ。すげぇ家だろ、これ」

基　子「お金持ちなんだ、絆さんの実家——」

間々田「この屋根瓦一枚五万はするぜ。ほら、土蔵の倉なんかもあるし。さぞかしお宝が眠ってるんだろうねぇ」

基　子「札束送って来ても、不思議じゃないわ。この家なら」

間々田「札束送って来たの？　絆さんに？」

基　子「返しちゃうそうですけどね」

間々田「絆ちゃんらしいね。なんか、お父さんとの間には、暗〜くて深〜い河があるみたいよ」
基子「そうなんですか？」
間々田「だって、実家には、一切、帰らないんだよ。ヘンだろ、それ」
基子「何か、あったんですかね」
間々田「お父さんは、出来のいいお姉ちゃんの方、ずい分かわいがってたらしいから」
絆、入ってくる。
基子、間々田、さりげなく別の部屋へ消える。
絆「？」
絆、テーブルの上の南京豆の皮をむく。
雑誌がそのまま残っているのに気づく。
絆、雑誌に載っている実家に目を落とす。
基子や間々田が消えて行った方を見る。(私の噂、してたんだ)

＃25
同・基子の部屋
原稿を書いている基子。
基子「(読む) 亀山絆。漫画家というクリエイティブな仕事に携わる二七歳。そんな彼女、本当は、本物のお嬢様なのだ――うーん、いっか、これで」

＃26　バー『泥舟』
看板に明かりが灯っている。

＃27　同・店内
間々田、響一に、例の雑誌を見せている。

間々田「すごいだろう。この家」
響一「これ、絆さんの？（絶句）」
間々田「そーよ。絆チャンをたらし込めば、この家ゲット出来るんだぜ。夢のようだね」
響一「やめて下さいよ。たらし込むなんて――下品な言い方」
間々田「いいないいいな。見る目あるぜ」
響一「無理っすよ。格式が違いすぎます」
間々田「格式って、お前、何時代の人間だよ。絆チャンは深窓の令嬢かぁ。何で〈ふかまど〉って書くんだろ？　牛窓ってとこあるけどなぁ（ぶつぶつ）」
響一「（雑誌を見て落胆）何だか、どんどん、遠くに行ってしまうよなぁ」

#28
ハピネス三茶・基子の部屋
寝る用意をしている基子。
扇風機の風で、社内報の原稿やらメモやらが風でヒラヒラ舞う。
基子、あわてて原稿を集める。
何枚か、窓の下に落ちてしまうが基子気づかない。

#29
同・外観
夜。
木に基子の原稿がひっかかっている。

#30
同・中庭（日替わり）
朝。
ラジオ体操をしている絆。
木に、紙がひっかかっているのに気づく。
絆、ホウキの柄でつつくと、ヒラヒラ落ちてくる。
基子の原稿である。
上を見上げる絆。

♯31　同・絆の部屋
タオルを引っかけた絆、基子の原稿を読んでいる。
何だか、納得がいかない。

♯32　同・中庭
朝の風景。
その向こうでは、食器をカチャカチャ片づけているゆかの姿。

♯33　同・玄関
今、まさに出勤しようとしている基子。
その後ろから、原稿を差し出す手。
基子が振り返ると、絆が立っている。

基子「(原稿を受け取る) え、あ、これ。外に落ちてました？　ありがとう。昨日、風で吹き飛ばされて——」
絆「(不機嫌)」
基子「？」
絆「これ、読んだ」
基子「え？　ああ、これ——何か、怒るような事、書きましたっけ？ (読み返す)」

絆　「私さ、エロ漫画家なんだよね。クリエイティブなお仕事とか言われるような
　　シロモノじゃないわけ」
基子「あ——ああ、その事」
絆　「そりゃ、父親は金持ちかもしんないけど、関係ないのよ。私は、お嬢様でも
　　何でもないし。家賃、滞納するぐらいの実力しかない漫画家なの」
基子「いや、そうかもしれないけど——」
絆　「そうなの。それが事実なの。こんなキレイ事書かれるの、私、すごく嫌だか
　　ら、本当の事書いてよね」
基子「本当の事って？」
絆　「エロ漫画家で、家賃滞納してるって」
基子「そんなッ——それは、ちょっと」
絆　「何で？　書けないの？」
基子「だって、そんなこと——」
絆　「何で？」
基子「いや、だって——人のこと、そんなふうに書けないわよ」
絆　「私がいいって言ってるんだから、いいじゃない」
基子「いや、でも——」
絆　「結局、基子さんが、恥かくからでしょう？　世間体が悪いから、だから書け

ないんでしょう?」

基子「――」

絆「そりゃ、ジャンケンで決めた友達なんだし、別にいいけどさ」

基子「――」

絆「なんか裏切られた気がすんだよねぇ」

基子「――」

絆「同じじゃん」

基子「――」

絆「結局、うちの父親と、同じ人間なんじゃん。最低」

絆、二階へ上がってゆく。

残される基子。

カシャーンと陶器の割れる音。

＃34 信用金庫・フロア

何やら陶器が割れて飛び散っている。

呆然と立っている基子。

全員、見ている。

客（老年の女性）オロオロしている。

　　　他の行員、客に駆け寄って。
行員「お客様、お怪我はありませんでしたか?」
課長「(基子に)どうしたの?」
基子「あ、お客様の荷物をお預かりしようと思ったら――」
客「(基子に)この人が、急に手を離したのよッ!」
基子「(不本意)いや――」
課長「(基子をさえぎるように)誠に、申し訳ございませんッ! どうぞ、こちらへ(客を応接室へ案内。行員に)そこ、危ないから、すぐ片づけて」
　　　基子、カケラを拾う。
　　　対の陶器の人形だったらしい。
　　　客も、カケラを拾っている。
行員「お客様、私どもがいたしますので」
客「(人形の頭を手に包んで)主人に、入院してる主人に、持って来てくれって言われたのに――」
基子「!」

#35　同・会議室

　　　フロアに転がっている、無傷のもう一方の人形。

基子「（頭を下げている）すみません。私の注意が足りませんでした」

課長と基子。

割れてしまった人形と無傷の人形。

課長「いいよ、いいよ。同じ物探すって先方には言ったけどさ、メーカーもわかんないし、どーせ、無理なんだから」

基子「いいえ、でも――」

課長「とりあえず、時間おいて、探しましたけど、ありませんでしたってことにしとけば、いいと思うよ」

基子「そんな――」

課長「こんな小さな事、いちいち気にしてたら、仕事がたまって仕方ないよ。この程度のことは、弁償すれば、なかった事に出来るんだからさ」

基子「（え？　と顔を上げる）」

課長「お金ですむってこと」

基子「……」

課長「ってことで、仕事戻って――」

基子「私、探します」

課長「は？　何言ってるの。無理だって。ないって。同じのなんか絶対にないよ」

基子「でも、探します」

課長「時間の無駄だよ、探してもないよ」
基子「だって――なかった事になんか、出来るわけないじゃないですか。その人にとっては、大事な物かもしれないし」
課長「言ってる意味わかんない」
基子「（煮詰まる）」
課長「そこまで言うなら、勝手に探せば？　融通きかねえなぁ」
出ていく課長。
取り残される基子と壊れた人形。

＃36　陶器の店
中に入って、人形を探している基子。
人形をいじっている。
店の人がカタログのようなものを持って来てくれる。
店員と基子、カタログを見ている。

＃37　ハピネス三茶・外観
夕暮れ。

＃38

同・食堂
壊れた人形が接着剤で修理されている。
絆、入ってくる。

絆「（人形を見て）あッ？　これ――」
絆、思わず人形をさわろうとする。

基子（声）「あー、それ、さわっちゃダメ」

絆「（びっくりして振り返る）」
基子が立っている。
何となく気まずい二人。

絆「――（人形）どーしたの、これ」

基子「うん、お客さんの。私、壊しちゃって、同じの探したんだけど、なかなかなくて」

絆「もしかして、見つけられなかったら、クビとか？」

基子「まさか――でも、私、探したいんだ」

絆「探すの、無駄なんじゃない？　だって無理だよ、同じのなんて。これ古い物だし。探す時間もったいないよ。さっさと謝っちゃった方がいいんじゃない」

基子「うちの課長と同じこと、言わないでよ」

絆　「――」
基　子「お金出せば、それですむとか、時間もったいないから次に行こうとか、体裁のいい事だけ言っておこうとか――」

＃39　信用金庫・エレベーター（回想）
行員達が馬場チャンの机と椅子を地下倉庫へ運んでいる。
基子（声）「そうやって、馬場チャンのこともないことにして」

＃40　ハピネス三茶・玄関（回想）
原稿の事で怒っている絆。
基子（声）「エロ漫画家を、クリエイティブな職業って言い換えたりして」

＃41　早川家
一人で食事している梅子。
どこか寂しげ。
基子（声）「親、居るのに居ないように暮らして」

＃42　ハピネス三茶・食堂

基子と絆。

基子「あるのに、ないことにしようなんて、そんなの間違ってると思う」

絆「――」

基子「こんなに簡単に、切り捨てて生きていっていいのかな?」

絆「――」

基子「いないことにされるのは、つらいよ」

絆「――」

基子「私、人形、探してくる（出てゆく）」

残される絆。

♯43

同・玄関

出てゆく基子の後ろ姿。

♯44

同・絆の部屋

漫画を描いている絆。

その手を止める。

♯45

フラッシュ

どこかの応接間。
マントルピースのような所に、基子が割ったのと同じ人形が、二つ、並んでいる。

＃46
ハピネス三茶・絆の部屋
絆、振り返る。
紙袋の中に無造作に突っ込まれた札束。
絆、立ち上がって、整理簞笥の引出しの中身を全部放り出す。
底の底に、鍵が出てくる。
その鍵と財布をポケットにねじ込む。
札束をスカーフに包んで飛び出してゆく。

＃47
同・門
夕暮れ。
札束を持った絆、駆け出してゆく。

＃48
亀山邸
少し暗くなっている。

雑誌で見たのと同じ、豪邸。
そこへ、絆が、辺りをうかがいながら、入ってくる。

＃49

同・駐車場
何台も車が並んでいる。
車の中をのぞく絆。
シートに、ビニールが貼ったままである。

絆「いいかげん、ビニール取れよ。貧乏くさい」

＃50

ハピネス三茶・基子の部屋
疲れて帰ってくる基子。
荷物を置くと、畳にバッタリと倒れ込む。

基子「(独り言) ダメだぁ。やっぱり、ない」

基子、顔を上げると、その目線の柱に何やら書いてある。
よく見ようと、ズリズリとそのままの姿勢で這って行く基子。
柱に書かれた小さな落書き。
『私を待っていてくれた人へ、ありがとう』

基子「(見る)」

#51　同・夏子の部屋
腹筋を鍛えている夏子。(腹筋でなくてもいいです。体を鍛えていれば)
ノックの音。

夏子「はーい」
基子が顔を出す。

基子「あの、ちょっと、いいですか?」

夏子「?」

#52　同・基子の部屋
例の落書きを、天眼鏡でジッと見ている夏子。
それを見ている基子。

夏子「これ、絆さんが書いたんだわ」

基子「えーッ、そうなんですか?」
絆の落書き。
『私を待っていてくれた人へ、ありがとう』

#53　亀山邸・裏口

夏子（声）「絆さんね、双子のお姉さんが亡くなって、一度、実家に帰ったの」

鍵を開けて入ってくる絆。

#54　ハピネス三茶・基子の部屋

夏子と基子。

夏　子「お父様が、ずいぶん嘆かれて、それを慰めようと思ったらしいのね」

基　子「絆さんは、ここ引き払うつもりだったんですか？」

夏　子「その覚悟で帰ったみたいなんだけどね――」

#55　亀山邸・リビング

広くて、豪華な部屋。

そこに、ポツンと座っている絆。

夏子（声）「実家に帰っても、お父さんは、絆さんの名前を言わなかったらしいの。ずっと、死んだお姉さんの名前でしか、呼んでくれなかったって――」

マントルピースの上に基子が壊したのと同じ人形が対で並んでいる。

絆、基子が壊した方の人形を失敬して、そこに札束を百万ずつ置く。

『お金は返します。そのかわり人形をいただきます。――絆より』のメモを置く。

人形をスカーフで丁寧に包む。

#56　ハピネス三茶・基子の部屋
夏子と基子。

基子「一度もですか？」
夏子「(うん) 最初は、我慢してたらしいんだけど、だんだん、自分が無視されるのが辛くなっていったんでしょうね。ここに戻って来て、その話しながら、ポロポロ泣いてた」
基子「(落書きを見る)」
夏子「いいじゃない。肉親なんてって言ったの。親じゃなくったって、どこかで、きっと、あなたを待っていてくれる人がいるって——」
絆の落書き。
『私を待っていてくれた人へ、ありがとう』
基子「——」

#57　亀山邸・書斎
何げなく本を一冊抜く絆。
その後ろに、何やら派手な背表紙。

絆が、本を何冊か抜くと、絆の作品が掲載されている漫画雑誌が並んでいる。

絆、アッとなる。

他の本も抜いてみる。

やっぱり、その後ろに、絆の描いた漫画本。

絆「！」

玄関で人が入ってくる気配がする。

あわてて、部屋を出てゆく絆。

♯58 同・台所

帰ってきたままの姿で、当主の順市（五七歳）が、冷蔵庫からメロンを出してきて、半分に切っている。

無造作に引出しを開け、スプーンをつかむ。

立ったまま、ジュルジュルとメロンをかっこむように食べている順市。

そんな父親の後ろ姿を、隠れて見ている絆。

♯59 同・玄関

積み上げられている、御中元のメロンの箱。

絆、行きがけの駄賃で、後ろを振り返り、振り返り、その中のメロンを一個、失敬する。
絆、そのまま、玄関を出てゆく。

＃60　夜道
スカーフで包んだ人形を胸に抱えて、もう一方の手でメロンを抱え、夜道をひたすら走る絆。

＃61　ハピネス三茶・絆の部屋
誰もいない。
ノックの音。
間々田（声）「絆チャン！　いないの？（のぞく）お電話ですよ。あれ？」
引出しの物が散乱している。
机の上には、描きさしの漫画原稿。

＃62　同・玄関
間々田、電話室で電話している。
間々田「あの、居ないんですけど——は？　今日が締切り？　ケータイも通じない？　そりゃ、大変じゃないですか——いや、探してくれって言われても——ひょっとして、逃げちゃったんじゃないかな？　あ、いや、冗談、冗談ですって」

そこに息を切らして、帰ってくる絆。
電話室から飛び出してくる間々田。

間々田「あ、絆チャン。どこ行ってたの。今、出版社の人から電話があってさ――」
絆「（息が荒い）判ってます。今からやりますから。（二階へ行く。アッと気づいて、間々田にメロンを渡す）」
間々田「（思わず匂う）うわぁ、金持ちの匂いがする」
絆「（そのまま二階へ）」

＃63　同・基子の部屋
ツギハギの人形が机の上に置いてある。

絆（声）「居る？」
基子、開けると、絆が立っている。

基子「！」
絆「これ（人形を差し出す）」
基子「こ、これ、どうしたの？」
絆「そこに、射的の屋台が出てて――」

基子「え、射的って、鉄砲で撃つヤツ？」
絆　「そこで、これ、当てて来た」
基子「うそ。射的の景品だったの？　これ」
絆　「私、うまいから、一発で取れたから」
基子「あ、じゃあ、射的代（財布出そうとする）私、払う」
絆　「いいって、いいって（出てゆく）」

♯64　同・廊下
基子、顔を出して、絆の後ろ姿に。
基子「ありがとう。本当にありがとう」
絆、照れたように、後ろ向きのまま手を振る。

♯65　同・洗面所
顔を洗っている絆。
タオルを差し出す手。
夏子。
絆　「（すみません）」

#66
同・中庭
夏子、座って涼んでいる。
絆も、側に来て座る。

絆「今日、実家、帰ったんですよ」
夏子「え、帰ったの？　そう」
絆「ここの家の明かりが見えたら、ホッとしちゃいました。帰る家があるのって、幸せだなぁって、しみじみ思ったりして」
夏子「実家より、ここが、家になっちゃったのね」
絆「(うん、と頷く) 父親にも、会ってきました——って言うか、アレは、見たと言うか」
夏子「そう」
絆「なんか、セコくて、情けない感じになってしまってて、昔は意味もなく威張ってたのに」
夏子「(笑う)」
絆「——私の漫画本、集めたりして。私が持ってないのも、ちゃんと、あったりして、そういう几帳面な所は (ふいに涙が出て、タオルでゴシゴシ拭く) 全然、変わってないんですよねぇ」
夏子「(絆の肩を抱き寄せる) そう」

絆「（コックリ）」

＃67　亀山邸・リビング
広い部屋で、ひとり、本を片手に詰め将棋している順市の後ろ姿。

＃68　ハピネス三茶・基子の部屋
人形を前に電話している基子。
基子「そうです。同じ物が手に入りましたので——あ、いや、そんなに喜んでもらえると、恐縮します。いえ、こちらこそ、本当に申し訳ありませんでしたッ！（最敬礼）」

＃69　コンビニ
「お疲れさまでした」とバイト帰りの響一が店から出てくる。
ケータイが鳴る。
絆からのメール。
『ＳＯＳ　もしヒマなら来て　絆』

＃70　夜道

必死に響一が走っている。

#71
ハピネス三茶・玄関
響一、入ってくる。

響一「すみません」
人の気配がない。

#72
同・絆の部屋
響一がドアを開けて入ると、そこは修羅場。
総動員で絆の漫画を手伝っている。
原稿をドライヤーで乾かしている夏子。
消しゴムをかけている基子。
トーンを貼っているゆか。
ゆかは、捩《ねじ》り鉢巻にたすき掛けでやる気満々である。

絆「あ、来てくれたんだ。ありがとう」
おずおず、入ってくる響一。

絆「えーっと、これ、ベタ塗ってくれる?」

響一「ベタ?」

絆「黒く塗りつぶすの」
響一「ああ（そういうこと）」
基子「（絆に）先生、こちら済みました」
絆「じゃあ、ゆかちゃんのトーン、手伝って下さい」
基子「はい」
ゆか「（基子に）ここ、形にそってカッターで切って下さい」
基子「あ、はい」
ゆか「（響一に）あ、筆、これ使って下さい」
響一「（居場所を何とか見つけて、座る）あ、はい」
夏子「（ドライヤーかけながら）先生、あの、もっと、複雑なのやりたいんですけど」
絆「基子さん、教授と代わってあげて」
基子「（不満）え〜ッ、私だって、さっきまで消しゴムの下積みだったんですよぉ」
絆「わかった。わかりました。適当に代わって下さい」

♯73　同・キッチン
張り切って、おにぎりを作っている間々田。
間々田「夜なべだ。夜なべだ。こうでなくっちゃ。『泥舟』で飲むのより、十倍ぐらい楽しいかも」

＃74

バー『泥舟』
誰も客が来ない。
ママ、つまらなそうである。
バーテンも手持ち無沙汰。

ママ「(バーテンに) もう、帰ってくれる？」
バーテン「(頷く)」

＃75

ハピネス三茶・絆の部屋
相変わらず、人でひしめいている修羅場。
ゆか、切ったメロンを持ってくる。

ゆか「(首からつり下げたメガホンで) はーい。メロンですよぉ (メロンを配る)」
絆「(必死) 絶対に、原稿にメロンの汁、つけないでよ」
ゆか「はい、みんな、食べる時はタオルで、しっかり押さえて下さいよ (タオルを配る) (メガホン) まだ、メロン、もらってない人」
絆「あ、(響一の分がまだない) なんだ、まだもらってないじゃん。ゆかちゃん、ここまだ」

ゆ　か「へーい（メロンを渡す）」
響　一「ありがとうございます」
基　子「あー、ちょっと汁こぼさないで!!（なんか、お祭りみたいで楽しい）」

＃76
同・外観（日替わり）
早朝。

＃77
同・絆の部屋
絆と基子が起きているが、間々田、ゆか、響一は、倒れるように眠っている。
早朝の光が、窓から射す。
基　子「これ、消しゴムかけたら、終わり」
絆「間に合ったぁ——私、コーヒーいれてくる」
絆、眠っている者達をまたいで出てゆく。

＃78
同・キッチン
コーヒーをいれている絆。
基子、原稿を封筒に入れて持って来る。
基　子「これ、出来上がりの原稿」

絆　「ああ、もうちょっとしたら、取りに来ると思う」
　　コーヒーを、カップにそそぐ。
基子「COFFEE IS GOD」
絆　「何、それ？」
基子「私のマグカップ。こんなこと、書いてたんだ」
絆　「私のは（自分のマグカップを読む）LOVE FOR YOUだって」
基子「ラブ、フォー、ユウって――ゆかちゃんの、アレ、何て書いてるの？」
絆　「（ゆかのカップを食器棚から出して、読む）犬よりも、ばあさんを怒らせるほうがあぶない。バイ、メナンドロス」
基子「誰？　メナンドロス」
絆　「（夏子のカップを出して読む）教授のはね――ノブちゃん食堂――」
基子「それって――ノブちゃん食堂から、ガメたってこと？」
絆　「だね」

＃79　同・夏子の部屋
　　夏子、漫画を読んで、無邪気に笑っている。

＃80　同・絆の部屋

鯖が折り重なるように、眠っているゆか、間々田、響一。

＃81　同・キッチン
ぼんやり、早朝の窓の外を見ながら、コーヒーを飲む基子と絆。

基　子「また、かわりばえしない一日が始まるんだ（飲む）」
絆「今日も暑くなりそうだね」
基　子「——何か、食べる物、欲しいね」
絆「ん？　何かあるんじゃない」
戸棚をゴソゴソ、探す基子と絆。

＃82　道
朝。
満足そうに帰ってゆく響一。
ゆか（声）「絆さんの原稿は、無事間に合い——」

＃83　信用金庫・フロア（日替わり）
基子、そぉっと社内報を見る。
自分が書いた友人紹介コーナー。

ゆか（声）「基子さんは、清水の舞台から飛び下りる覚悟で、絆さんの事を、エロ漫画家で家賃を滞納していると書いたけれど、社内の反応は、ま〜ッたッくッ！なかったそうだ」

絆と基子の写真が載っている。

#84 ハピネス三茶・食堂（日替わり）

基子、ゆかとお茶を飲んでいる。

基子、暑中見舞いのハガキを書いている。

ゆか、基子が書いた社内報を見ている。

基子「考えたらさ、社内報なんてさ、誰も読んでないのよね」

ゆか「え？　そうなんっすか？」

基子「うん。実は、私も、ちゃんと読んだことない」

ゆか「何書いているんですか？（見る）」

基子「（隠す）何でもないって」

#85 早川家・門（日替わり）

梅子が、郵便物を見ている。

ダイレクトメールの中に、基子からの暑中見舞い。

梅　子「あら、基子」
梅子の驚いたような、嬉しいような顔。
ゆか（声）「今日も郵便局のお兄さんは、来ることは来たのですが――」

＃86
ハピネス三茶・玄関
郵便局のバイクが走ってゆく。
ゆか、ダイレクトメールとホウキを持って、恨めしそうに見送っている。
ゆか（声）「永久《とこしえ》に札束を配達してくれそうもありません」

＃87
病室
あの銀行の客が、鞄から対の人形を取り出して、病人の枕元に置く。
窓辺に置かれた人形。
ゆか（声）「しかし、こんなことを言っている今も、誰かが、誰かの為に必死に走っているのです」

＃88
ハピネス三茶・キッチン
箸箱の中に、ご飯を詰めている基子。
基子、何か嬉しいものがある。

真ん中に小さな梅干しを置いて完成。

ふたを閉めたり、開けたりしてみる基子。


ゆか(声)「今日も、何もかもほうり出して、誰かの為に、一生懸命、走っている人がいるのです」

89 同・夏子の部屋

ゆか(声)「お父さん、私達が思ってるより、世界は愛に満ちているのかも」

夏子、書き物をしている。

ちょっと、考えが行き詰まっているらしく、手元にあった南の国の友好のしるしである王冠をかぶったりしてみる。

何かひらめいたらしく、あわてて書き出す。

90 同・庭

水をまいている絆。

そのホースの先に、小さな虹が出来る。

絆「あ、虹だッ! ゆかちゃん、虹! 教授! 基子さん! 虹だよ、ほらッ!」

91 同・外観

今日も、また暑い。

（つづく）

【番組制作主要スタッフ】
脚本　木皿泉／山田あかね
演出　佐藤東弥／吉野洋／佐久間紀佳
プロデューサー　河野英裕
音楽　金子隆博
主題歌　『桃ノ花ビラ』大塚愛（avex trax）

＊

本書は、単行本『すいかシナリオBOOK』（二〇〇四年十一月、日本テレビ放送網株式会社刊）を、文庫化にあたり改題の上、二分冊に致しました。

すいか 1

二〇一三年 八 月二〇日 初版発行
二〇二〇年 七 月三〇日 10刷発行

著 者 木《き》皿泉《ざらいずみ》
発行者 小野寺優
発行所 株式会社河出書房新社
〒一五一－〇〇五一
東京都渋谷区千駄ヶ谷二－三二－二
電話〇三－三四〇四－八六一一（編集）
〇三－三四〇四－一二〇一（営業）
http://www.kawade.co.jp/

ロゴ・表紙デザイン 粟津潔
本文フォーマット 佐々木暁
本文組版 株式会社キャップス
印刷・製本 凸版印刷株式会社

Printed in Japan ISBN978-4-309-41237-5

豪快さんだっ！ 完全版

泉昌之　40902-3

飲んだら車は押して帰ればいい。大盛りがなければ二杯食えばいい。ヌルいモンには異を唱えろ！　過剰なまでに豪快に突き進む男の中の男を描いた著者代表作「豪快さん」が文庫化。単行本未収録作も多数。

カルテット！

鬼塚忠　41118-7

バイオリニストとして将来が有望視される中学生の開だが、その家族は崩壊寸前。そんな中、家族カルテットで演奏することになって……。家族、初恋、音楽を描いた、涙と感動の青春＆家族物語。映画化！

ちんちん電車

獅子文六　40789-0

昭和のベストセラー作家が綴る、失われゆく路面電車への愛惜を綴ったエッセイ。車窓に流れる在りし日の東京、子ども時代の記憶、旨いもの……。「昭和時代」のゆるやかな時間が流れる名作。

引き出しの中のラブレター

新堂冬樹　41089-0

ラジオパーソナリティの真生のもとへ届いた、一通の手紙。それは絶縁し、仲直りをする前に他界した父が彼女に宛てて書いた手紙だった。大ベストセラー『忘れ雪』の著者が贈る、最高の感動作！

バンビーノ　新宿二丁目ウリセン物語

飛川直也　41142-2

ゲイタウン、新宿二丁目。親に棄てられ、借金にまみれ、ギャンブルで負け、女をはらませ……。様々な事情を抱く男の子達が、今夜もある決意をしてこの街に流れつく。あふれる哀歓に満ちた感動のドラマ！

恋と退屈

峯田和伸　41001-2

日本中の若者から絶大な人気を誇るロックバンド・銀杏ＢＯＹＺの峯田和伸。初の単行本。自身のブログで公開していた日記から厳選した百五十話のストーリーを収録。